奥さん、
ごちそうさま

庵乃音人
Otohito Anno

三交社 艶情 文庫

目次

序章……5
第一章　Hカップ人妻の弥生……9
第二章　可愛い若妻・百花……66
第三章　不倫妻との熱い夜……119
第四章　襲われた未亡人……167
第五章　喪服の和歌子を抱きしめて……241
終章……283

※この作品は艶情文庫のために
書き下ろされたものです。

序章

男は指を震わせていた。

衝(つ)きあげられるような興奮のせいである。

操作しているのは、黒光りするスマートフォン。もどかしそうに指を動かし、ようやく目当ての動画を表示した。

「おお……」

思わず漏れだすその声は、淫靡に震え、上ずった。スマホを握る左手が、小刻みに震えて画面が揺れる。

縦長の画面に映し出されたのは、女性のスカートの中だった。

ピンと足を伸ばして立っている。もっちりとしたその足は、健康美に富んだ肉感的なものである。

いささか太めにも思える、脂(あぶら)の乗りきった太腿だ。色白の生々しい太腿(ふともも)の肉が、キュッと締まっては動くたびに艶(なま)めかしく揺れる。

しかも、緊縮と弛緩を繰り返すのは、セクシーな太腿ばかりではなかった。子供を孕んだししゃものような脹ら脛も、エロチックに筋肉を締まらせては緩み、また締まらせては緩みを繰り返し、女性の生足ならではのむせかえるような色香を強調している。

明らかに、盗撮動画だった。

スカートの中の自分の下半身を撮影されていることに、女性はまったく気づいていない。

上体を前屈みにしているらしく、ちょっと身体を動かすたびに、ロングスカートがヒラヒラと揺れた。

何やらとても楽しげな女性たちの声が賑やかに聞こえる。

「――そうしたら、さっき切っておいたタコを、お鍋の中に加えます」

鈴の鳴るような美しいその声は、スカートの中を撮られている女性が発したようだった。

何かを炒める音が強まる。スカートのヒラヒラも。

女性たちの「わあっ」という興奮した声が重なった。

「おお、和歌子先生……」

男は感激した声で、呻くように言った。スカートの中を撮影されている女性を呼んだらしい。

和歌子——それが、男の獲物の名前だった。

むっちりとした二本の腿がひとつにくっつく部分には、さらにいやらしい女性の局所がちらちらと見え隠れしている。

もちろんパンティを穿いているため、直接見えているわけではない。

和歌子が穿いているのは、清純そうな純白のパンティだ。レースの刺繍が色っぽく、下着の縁を彩っている。

ヴィーナスの丘を包みこむあたりが、ふっくらと盛り上がっていた。

指先でそっと押さえたら、シフォンケーキか何かのように苦もなくひしゃげてズブズブと指を包んでしまいそうな何とも言えないこんもり加減だ。

「ああ……たまんねえ。たまんねえよ、和歌子先生……！」

男の声に、どす黒いものが滲みだした。

穿いていたジャージのズボンを下着ごと、勢いよくずり下ろす。

ブルンとしなって飛び出したのは、身も蓋もなく勃起したどす黒い男根。卑しい欲望を満タンにした雄々しい極太は、赤だの青だのの血管を棹の部分にゴツゴツと浮かべ、ぷっくりと膨らんだ亀頭の先から早くも涎を垂らしている。

男はもう、一刻だって猶予はないとでもいうかのようだった。隆々と反り返ったペニスを、震える指で握りしめる。

和歌子のスカートの中をねっとりとしたまなざしで見つめた。しこしこ、しこしこと、狂ったように猛る棹をしごきだす。

「おおお、和歌子先生……ああ、和歌子……和歌子！」

狂ったように怒張をしごきながら、生臭い息をスマホの画面に吐きかけた。

それだけでは、収まらない。

画面の中の和歌子のパンティ――その局部のあたりをれろれろと、ナメクジのような不気味な舌で、男は一心に舐め始めた。

第一章　Hカップ人妻の弥生

1

「タコはとっても低カロリーなんです。ダイエット中には、ぜひ積極的にとりたい食材なんですよ」

みんなの中央に立つ女性が、明るい声で言った。

ピンクのエプロンをしたその女性は、いつものことながら少し照れ臭そうでもある。

調理台に立つ彼女を取り囲むメンバーたちも、みな思い思いのエプロン姿だ。感心したような声を上げ、身を乗り出して中央の女性を見る。

そんなメンバーに柔和に微笑み、その女性は慣れた手つきで、茹でダコを一口大のサイズに切り始めた。足首まで届くエレガントなロングスカートが、ヒラヒラとあでやかに裾を翻らせる。

「しかもタコは高タンパク質な食品でもあるんです。体重のことは気になるけれど、健康にも気を使いたいという女性には願ってもない味方なんですね」

女性はさらに説明を続けた。

そんな彼女の言葉にしきりにうなずく者、メモをとる者、隣のメンバーと笑いながら話をする者――みんなの反応は、今日もさまざまだ。

そして大崎岳男はといえば、ただひたすらメモ帳にペンを走らせる。メモをしておかないとすぐに忘れてしまうからだ。若い頃は、ここまで記憶力が悪くなかったはずなのだが。

しかも――。

（今日も綺麗だな……）

真剣に集中していなければならないはずなのに、説明を続ける女性を見れば、つい気が緩み、鼻の下が伸びかけた。

いかんいかんとかぶりを振っても、彼女を見るたび胸がときめき、メモを取る手がついおろそかになりかける。

大崎がこっそりとため息をつくのは、この料理サークル「ごちそうさまの会」の主催者、倉木和歌子その人。

この部屋は、そんな「ごちそうさまの会」が毎週のように利用する市の施設で、清潔な調理台がいくつも並ぶ広々とした調理室だ。

勉強会の今日のテーマは『ダイエットにも効果的なお料理』。

その中の一品として、和歌子は先ほどから「タコときのこのガーリックスープ」を実際に作ってみせながら説明していた。

「えっと……大崎さんはけっこういける口でしたよね」

すると、いきなり和歌子に話を振られた。

今年三十三歳になる和歌子は、二年前に病気で夫を亡くしている。三回忌の法要が、もうすぐ営まれるという話だった。

つがいのように仲のいい夫婦だったともっぱらの評判だ。だが、半年前に和歌子と知り合ったばかりの大崎には、詳しいことは分からない。

「えっ」

にこやかに見つめられ、大崎は緊張した。サークルのメンバーである女性たちが、彼を見て賑やかに笑う。

「大崎さんは、たしか毎晩晩酌をされていたんじゃありませんでした？」

和歌子は柔和に微笑み、もう一度大崎に返事を求めた。

清楚という言葉がこれほど似合う女性もいない。

大崎はいつもそう思っていた。

切れ長の涼やかな瞳は、笑うと線のように細くなる。卵の形をした色白の小顔は、背中まで届くストレートの黒髪に彩られていた。

今はそんな黒髪を、アップにまとめてうなじを露わにしている。神が与えた和風の美貌は、端整な雛人形でも見ているかのようだった。

そのくせセクシーな朱唇だけは、何やらぽってりと肉厚だ。思わず触れたくなるような、熟れた色香を感じさせる。

その上、和歌子の魅力はその楚々とした美貌だけではなかった。

メンバーたちを心酔させるほどの料理の腕前がありながら、ちっともそれに奢っていない。気立てはどこまでも慎ましやかで奥ゆかしく、お喋り好きばかりのメンバーの中では寡黙な部類に入る一人だ。

「そ、そうですね。いける口というか……まあ、ひとり暮らしで他にやることもないんで。あはは」

痒くもない頭をかいてみせながら、大崎はぎくしゃくと返事をした。訥々とした彼の言葉に、メンバーたちがまたもかしましく反応する。

大崎は、今年五十八歳。

そんな彼から見たら、和歌子は娘のような年齢である。

だがこのサークルでは、料理を教えてくれる先生と、彼女から習う生徒という関係にあった。言葉はどうしても丁寧になる。

もともと生真面目な性格なのだ。

「ウフフ。このタコときのこのガーリックスープは、大崎さんみたいにお酒をたしなまれるかたにも、とってもオススメなんですよ」

和歌子は親しげに微笑み、メンバーたちの顔を見回して言った。

「どうしてだか分かりますか。そう。タコにはタウリンが豊富に入っているんです。タウリンって覚えてます？　肝臓の機能を高めてくれるんでしたよね。つまりタコはそういう意味で、お酒の好きな人にも欠かせないものなんです。しかも、おいしいですしね」

感心したようなメンバーたちの嘆声の中、和歌子はてきぱきとタコを切り終えた。準備の整ったさまざまな食材を、いよいよ炒めにかかろうとする。

優雅な手つきで、オリーブオイルを鍋に敷いた。

中火でトロトロと熱し始める。

続いてそこにアンチョビとニンニクを加え、メンバーたちに説明しながら、アンチョビをつぶすようにして炒めていく。

「そうしたら、さっき切っておいたタコを、お鍋の中に加えます。十分に火を通したら、マッシュルームとしめじを加えて炒めてくださいね」

和歌子はそう言うと鍋にタコを入れ、さらに炒め続けた。

いつものことではあるものの、流れるような所作と美しい指の動きは、惚れ惚れせずにはいられない和歌子ならではのものだった。

(ほんとに綺麗だ)

大崎はこっそりとため息をつき、未亡人の料理姿に目を細める。

季節は十二月。戸外では冷たい風が吹いていた。

だが週末の調理室の中は、料理から立ち上るいい匂いの湯気や暖房に加え、メンバーたちの和気あいあいとした熱気で汗ばむほどにムンムンとしていた。

ここは、ターミナル駅からほど近いところにある、市の管理するコミュニティセンター。

文化や芸術、市民交流など、地域コミュニティの拠点となっているような施設で、多目的ホールやレクリエーションルーム、集会室やアトリエなど、界隈で活動するさまざまな市民サークルなどのニーズを満たす多彩な空間が用意されていた。

「ごちそうさまの会」の勉強会は、その中の調理室を借りて毎週土曜日に行われている。

調理師免許を持ち、かつては夫とカフェ経営をしていたこともあるという和歌子の腕前に魅了された主婦たちが、彼女を担ぎ出してサークルを始めたのは、今から二年前の晩秋の頃だったという。

現在の会員数は、主宰の和歌子も入れて十五人ほど。

料理が大好きだったり、必要に迫られて調理の腕を上げなければならなかったりするさまざまなメンバーが集っていたが、そのほとんどは女性会員で、大崎のような男性は圧倒的な少数派だ。

「ごちそうさまの会」に大崎が入会したきっかけは、息子たち夫婦だった。

五年前に妻を亡くし、生きる希望を失った。

そして今から三年前、五十五歳のときに会社を早期退職し、退職金と貯金を頼りに、失意に暮れて過ごす日々を送りだした。

大学時代の友人からは、長いこと勤めた商社時代に培った高いマネジメント能力を買われ、彼の経営する会社でもうひと働きしてくれないかと誘われていた。だが大崎は、友人のありがたい誘いにもその気になれず、糸の切れた凧のようにやもめ暮らしを続けていたのである。

そんな大崎を心配したのが、一人息子の博己たち夫婦だった。

博己は生まれ育ったこの地方都市を飛び出し、首都圏の大学に進学して、卒業後もその地で就職していた。

結婚も向こうでし、大崎とはずっと離れて暮らしている。

だが妻を亡くしてこのかた、いつまで経っても元気の戻らない父を案じた博己は、何か少しでも夢中になれる、地元のサークル活動にでも参加してみてはどうかと、嫁と二人で盛んに勧めてきたのだった。

大崎は息子たちのそうした訴えに根負けし、しぶしぶ重い腰を上げた。

そして、参加するなら文化系サークルがラクだよなとリサーチをしていく中で知った料理サークル、「ごちそうさまの会」に入会することになったのである。

一人暮らしは栄養面でも心配なんですという、息子の嫁のひと言にも臆する背中を強く押された。

「なにデレデレしてんのよ、大崎さん」

「わあっ」

メンバーたちがわいわいと和歌子の姿を見守る中、突然一人の女性に耳元で囁かれた。

大崎は飛び上がりそうになり、慌てて彼女の方を向く。

等々力弥生、四十三歳。

色っぽさ溢れる美しい熟女で、垂れ目がちの瞳は笑うといっそう愛らしく垂れた。

波打つ栗色の艶髪が、肩のあたりでセクシーに毛先を揺らして跳ね躍る。

地域にいくつもある料理サークルの中から、大崎がこの会に入会することに決めたのは、弥生に強く誘われたのが理由だった。

独身時代はＩＴ企業に勤めていたという弥生は、サークルのホームページを担当していた。料理実習会を見学したいというメールを出した大崎は、それが縁で弥生と知り合い、彼女に世話を焼かれる形で、あれよあれよという間にサークルメンバーの一人になっていた。

「デ、デレデレなんかしてませんよ」

ニマニマと目を細めて見つめられ、大崎はどもりながら弥生に囁く。

しかし弥生はおかまいなしだ。

「してたくせに。鼻の下、とろけたチーズみたいに伸ばしちゃって」

「伸ばしてませんって」

「いいのよ、隠さなくても。女が見ても素敵だなって思うんだもの、和歌子先生は。男の目から見たらたまらないわよね。この、この、この」

「わわわっ」

いつの間にか隣に並んでいた弥生は、意味深な笑いとともに大崎の脇腹をつんつんとつつく。大崎はそんな美熟女に困惑するも、必死にこらえてもぞもぞとその場で不様(ぶざま)に身悶えた。

男好きする柔和な美貌は、癒やし系という形容がふさわしかった。

口数の少ない和歌子とは対照的に、サークル内でも一、二を争うおしゃべり好きな女性でもある。

物怖じしない性格も、この人ならではだった。一回り以上年上の大崎にも、平気でため口をきいてくる。

商社勤務をしていた頃は、多くの部下を束ねるやり手の部長として、社員たちからは恐れられてすらいた。そうした大崎にしてみると、フレンドリーかつ対等な視線で接してくる弥生の物腰は、実はとても新鮮だ。

「いいわよねー、和歌子先生。清楚だし綺麗だし性格も素敵だし、それに……大崎さんもイチコロのあのもっちりした、か・ら・だ」

「な、なな、何を言ってるんですか」

一語一語を区切るように言われ、大崎は仰け反りながら動転した。

「アン、もー、しらばっくれちゃって。メモを取るふりして、今日も和歌子先生のむちむちボディを舌なめずりして見てたくせに」

「そんなわけないじゃないですか」

全部お見通しよとでも言わんばかりに断言され、大崎は本気でうろたえる。

舌なめずりまでしてはいないが、当たらずとも遠からず——そんな後ろめたい気持ちがあるせいで、反駁する言葉は弱々しく震えた。

たしかに和歌子の体つきは、男泣かせのむっちり加減だった。

色白の全身にほどよく肉と脂が乗り、どこもかしこも見事なまでに柔らかそうな体型だ。

その上、スタイルも悪くない。手も足もすらりと長く、くっきりはっきりと見たことがあるわけではないものの、腰のくびれかただってなかなかに思えた。

かてて加えて言うならば、和歌子はいわゆる巨乳でもある。

大崎の見立てではGカップ、九十センチぐらいはラクにあった。

そんな圧巻のおっぱいがセンスのいい衣服を窮屈そうに押し上げ、いつも無防備にたっぷたっぷと揺れている。

しかも、大迫力の乳房と競い合うかのようにして、ヒップもパッツンパッツンに張りつめていた。

そうした和歌子の健康的なお色気や気立ての良さ、楚々とした美しさに魅了され、それまで亡妻一辺倒だった傷心の気持ちが、少しずつ変わってきていることはまぎれもない事実である。

そういう意味では料理の師は、大崎にとってはちょっとした恩人でもあった。

だが、美貌のタイプや性格こそ違え、男泣かせのむっちりボディに恵まれているという意味では、弥生だって負けてはいない。

むしろ和歌子より十歳も年長な分、全身から滲みだす熟女ならではの艶熟感は、弥生の方が上かも知れなかった。

さらに言うならおっぱいだって、和歌子を上回る爆乳ぶり。下手をすれば百センチ近くある気もする。

ヒップの張り出し具合も反則級のダイナミックさで、空気を満タンに注入したバレーボールが、二つ並んでいるかのような圧巻の眺めを醸し出している。

そう。和歌子も弥生も、どちらも揃って男泣かせなのだ。

もっとも、そうした心の本音は、何があろうと言葉にも態度にも出しはしなかったが。

（あっ……）

まいったなと思い、途方に暮れながら方々を見回した。

そんな大崎と視線がかち合った女性がいる。大崎たちとはちょっと離れたところで真面目にメモを取っていた年若い人妻だ。

人妻は驚いたように目を見開いてから可愛く微笑み、はにかんだ感じですぐに視線をそらす。

島内百花、二十四歳。

ずいぶん年齢は離れているが、弥生とはとても仲がよかった。

一年前に結婚したばかりの新婚妻で、うるさい義理の母親に命じられ、料理の腕前を上げるためにこの会に通うようになったと聞いている。

サークルに入会をしたのは、大崎とほとんど同じ時期。料理は大の苦手らしく、包丁を持つ手つきも彼に負けないぐらいぎこちなかった。

いつも必死に和歌子の話をメモに取り、ひと言ひと言に真剣にうなずいて真面目に勉強を続けている。

（がんばれよ、百花さん）

いつものように微笑ましくなり、心中で百花を励ました。

くりっと目が大きく、あどけなささえ残した美貌の持ち主。下手をしたら独身どころか、まだ学生にも見えるイノセントな愛らしさが、この若妻の身上だ。

明るい栗色をしたキュートなボブヘアーもとても印象的だった。

和歌子や弥生とは対照的に、すらりと細身な体つきでもある。

だがおっぱいの大きさだけは、スレンダーな肢体とは相いれない豊満さだった。Ｆカップ、八十五センチ程度は確実にある。

弥生とはずいぶんタイプは違うものの、百花もまた親しげに大崎と交流を続けてくれていた。

親子以上に歳の差のある若い女性と「友だち」になってしまうだなんて、三年前まで「部長、部長」と持ち上げられ、若い女性社員などからは緊張感とともに接せられていた大崎としては、これまた妙な心境だった。

「……それにしても、何でもいいけど飯塚さん、ちょっと和歌子先生に近づきすぎじゃない？」

百花を見ていると、隣の弥生がいくぶん嫌悪を露わにして大崎に囁いた。

「え？　あっ……」

大崎は弥生にうながされるようにして、和歌子の隣——身体がくっつくほどの距離で彼女の一挙手一投足を追っている一人の男性に視線を向けた。

飯塚昌義という名のその男は、四十二歳のフリーライター。一年前に事情があって妻子と別れ、一人暮らしを始めたという話だった。

サークルへの入会は、大崎より三か月ほど遅い。

だが、つきあいでやっているゴルフ焼けですと本人が笑う爽やかで健康的なビジュアルとその明るい性格で、見る見る会の女性陣の人気者になっていた。

歳こそ取ってはいるものの、たしかにイケメンな男である。

もっとも弥生は、あまり飯塚に好感を抱いてはいないようだったが。

（ちょっと近づきすぎだぞ、おい）

大崎はいささかムッとしつつ、和歌子の隣でにこやかに微笑む飯塚を見た。気づけばいつも、特等席ともいえる和歌子の隣で彼女の指導を仰ぐことの多い飯塚だった。

だが今日はいつにも増して、和歌子との距離が近い。その上いったいどういうわけか、自分と和歌子の足元を盛んにチラチラと見つめていた。

もう数センチ近づいたら、火を使っている和歌子とぶつかってしまいそうな危うさだ。

「ああ、いい匂いだなぁ。涎が出てきますよ、和歌子先生」

「飯塚さん、も、もうちょっと離れてください。危ないですから」

「て言うか、今の和歌子先生には俺の方がアブナイ奴でしたね。失礼しました。あははは」

和歌子の訴えを冗談で混ぜ返し、陽気な声を上げて飯塚は笑った。そんな彼のジョークを喜んで、メンバーの女性たちもどっと笑う。

「……あの男も気がありそうね、和歌子先生に」

呆れたように目を細めて飯塚を見ながら、小声で弥生が呟いた。

「どうするのよ、大崎さん」

「はっ⁉　ど、どうするって、別に俺は……」

煽るかのような物言いで突っ込まれ、大崎は返事に窮した。

和歌子に対する淡い好感と尊敬の気持ちは、たしかにある。

たしかにありはするものの、だからどうこうという話ではない。そもそもこちらがいいと思っていたとしても、和歌子は自分のことなんて何とも思っていないだろう。

「いいの、そんなこと言っちゃって？」

心の底まで覗き見るようなジト目で大崎を見つめ、悪戯っぽく弥生が言った。

「和歌子先生が、ほんとに飯塚さんのものになっちゃったらどうすんのよ」

「いや、そんなこと俺に言われても……」

「ンフフフ」

戸惑う大崎に口角を吊り上げ、弥生は色っぽく笑う。ちょっと身体を動かしただけで、服の中の乳房がユッサユッサと重たげに揺れた。

大崎は慌てて視線を離す。

ざわつき始めた痩せっぽっちの理性を、必死になってなだめようとした。

「そう言えば大崎さん、この後、何か予定ある？」

和歌子がマッシュルームとしめじを炒め始めると、大崎の耳元に顔を寄せて弥生が聞いた。

「えっ？　いや、特に、これといって……」

虚を突かれた大崎は、きょとんとして応える。

すると弥生は、「そう」と嬉しそうにうなずいて、さらに彼に囁いた。

「実は……ちょっと相談したいことがあるのよ」

2

「ええっ。う、浮気、ですか？」

大崎が驚き、目を見開いて弥生に聞いたのは、それから二時間ほど後のことだった。

昼前の時間から三時間にわたって行われた料理実習会は終わり、あと数時間で日の暮れる時刻になっている。

大崎は弥生に誘われて、彼女の家にお邪魔していた。コミュニティセンターとは、弥生の運転する車で三十分ほどの距離にある。

同じようなデザインの家々が立ち並ぶ、郊外の新興住宅地だった。築二十年ほどになるという二階建ての一軒家。さまざまなものが雑然と置かれた生活臭漂うリビングで、大崎は弥生と向かい合っていた。

「そう。私にはばれてないいって思いこんでるんだけど、しっかりばれてるの。浮気を始めた三年前から。昔から脇が甘いのよ、あの人……」

コーヒーカップを両手に持ち、口紅のついた縁の部分を盛んに指で擦りながら弥生が言う。

大きなテーブルの反対側に座っていた。卓上には二人分のコーヒーの他に、弥生が用意してくれた菓子や果物が並んでいる。

夫の不実をなじるように告白を続けていた。

人妻の瞳は、いつにない憂いを忍ばせている。

どうやら弥生の相談というのは、夫の浮気についてだったらしい。いつもの明るさをかなぐり捨て、悄然とした様子で上目遣いに大崎を見る。

「どうしたらいいと思う、大崎さん」

「ど、どうしたらって……」

いきなりそんなことを聞かれても、正直、返事に窮した。弥生の雰囲気がどんよりと重苦しいことも、大崎の気分と口を重くさせる。

「どういう女性なんですか、相手は」

「会社の部下。向こうも結婚しているみたいだから……」

「ダブル不倫、ですか」

「そういうことになるかしらね。うー」

つらくてたまらない、というように顔をクシャクシャにして、がっくりと顔をうつむかせる。上体を揺する動きのせいで、胸元の膨らみがたっぷたっぷと上下に弾んだ。

「こほん……」

大崎は軽く咳払いをする。さすがにこの状況では、いつも以上におっぱいになどドキドキしてもいられない。

「今年……銀婚式だったんだけどね」

「はあ……」

めったに見せないせつなげな表情を大崎に向け、ため息交じりに弥生は言った。一流電機メーカーに勤めているという夫とは、結婚して二十五年のようである。二人に子供はいなかった。

大学時代の友人たちと旅行に行ってくると言って、この週末も弥生の夫は家を出てしまっている。本当は愛人と一泊二日の不倫旅行をしているのだと分かっている弥生の胸の内は、いったいいかばかりであろう。

(まさか陽気な笑顔の裏に、こんな私生活があったとはな)

意気消沈する四十三歳の人妻に、胸を締めつけられる思いがした。

何とか元気づけてあげなければと思いはするものの、真面目で面白みもない性格のせいで、気の利いた言葉のひとつも出てこない。

どうしてこんなプライベートなことを、自分なんかに相談してくるのだろうという、素朴な疑問にも囚われていた。

それはたしかに週に一度、「ごちそうさまの会」で顔を合わせるたびごとに親しい会話を繰り広げるようにはなっていた。

だが、こうした話は仲のいい女友達にでも打ち明けた方が自然な気がするのは自分だけだろうか。

「つらいなぁ……」

弥生はズズッとコーヒーを啜(すす)り、ため息をついて天を仰いだ。

「げ、元気出してくださいよ」

そんな弥生を持てあまし、大崎は硬い笑顔とともに言う。

我ながら、何とつまらない激励の言葉なんだかと思いはするものの、こんなことしか言えないのが俺なのだからと、凹(へこ)みそうな我が身を慰めた。

「三十三歳らしいのよね、その女。あ……和歌子先生と同い年か」

「和歌子先生と……」

「ええ。一回だけ写真で顔を見たことがあるんだけど……正直私、全然負けてる気がしなかった。和歌子先生にはボロ負けしてると思うけど」

気づけば弥生はうっすらと、その目に涙を滲ませていた。

まさかそこまで感情を露わにするとは思ってもみない。大崎は、よけいにうろたえ、座布団の上で尻をもじつかせた。

「い、一時的なものだと思いますよ。男はそういう生き物なんです。すぐに飽きて、弥生さんのところに帰ってくると思うなぁ」

大崎は懸命に、弥生を慰めようとした。

実際、「私、全然負けてる気がしなかった」という弥生の言葉は、強がりでも何でもない気がする。

四十三歳の女盛り。むちむちした肉体と色っぽい美貌を持つ弥生は、還暦間近の大崎から見たら魅力的すぎるほどセクシーである。

「たとえそうだとしても……私を裏切ったことに変わりはないじゃない？」

鼻を啜り、伸ばした指で鼻の下を拭いつつ、同意を求めるように弥生は言った。上目遣いに見つめてくる瞳は、ますます涙に濡れている。

「そ……それは……そうかも知れない。でも……」

何とか元気づけたくて、大崎は言葉に力をこめようとした。

だが、弥生はそんな彼の機先を制し、

「目には目を、だと思うのよね」

垂れ目がちの瞳をウルウルとさせ、力強い口調で言う。

「そうそう……えっ？」

よく考えずにうんうんとうなずき、大崎は思わず眉を顰めた。

「目には目を？」

「ええ。亭主が若い女と浮気して楽しんでるっていうのに、こっちだけ我慢して真面目な女房を演じている必要は全然ないと思うの」

「……っ？　や、弥生さ……あっ……」

きょとんとした大崎は、思わず息を飲む。

テーブルのソーサーに、弥生がコーヒーカップを置いた。いきなり座布団から立ち上がり、スカートの裾をヒラヒラさせる。

今日の弥生は、暖かそうなマスタード色のセーターに、オフホワイトのプリーツスカートを穿いていた。よく翻るスカートは膝丈サイズで、やや太めながらも形のいい脹ら脛がはっきりと見えている。

（な、なんだ。なんだ、なんだ、なんだ）

弥生はテーブルをぐるりと回り、大崎のほうに近づいた。

わけの分からない大崎は、そんな弥生を目を見開いて凝視する。熟女が近づいてくるほどに、座布団の上で仰け反りだした。

「あァン、大崎さん！」

「うわあっ」

感極まったような、せつなく色っぽい呼びかけの言葉とともにだった。カーペット敷きの床に膝立ちになると、弥生は大きく両手を広げ、硬直する大崎にむしゃぶりついてくる。

「や、弥生さん!?」

「いいんでしょ、私がこういうことしても」

「はあ!?」

「だってさっき『目には目を』だって言ったら『そうそう』ってうなずいてくれたじゃない」

「ええっ？　いや、あれは。あ、ちょっと」

「大崎さん。大崎さん、大崎さん、大崎さん」

「わわわっ」

慌てた大崎は、両手を突っ張らせて何とか弥生を押しのけようとした。

しかし弥生は、もはや駄々っ子のようである。

何度も大崎の名前を連呼した。何があっても離れるものかとでも訴えるかのように、さらに両手に力を入れ、大崎の身体を抱きすくめる。

「大崎さん、女に恥、かかせないで」

「弥生さん」

「いいじゃない、たまには」

「た、たまにはって」

「真面目なだけが男じゃないでしょ？　こういう女を慰めてやるのも、男の甲斐性だと思うわよ？」

「あああ……」

分かったような、分からないような理屈で大崎に二の句を継げなくさせると、弥生はさらに力を入れ、その場に彼を押し倒した。

「ちょ、ちょっと。弥生さん!?」

「和歌子先生のこといつもエッチな目で見てるくせに、だめよ、こんな時ばっかり聖人君子ぶっても」

「いや⁉　あの、ちょっと。ああ……」

大崎は、地味なシャツにお出かけ用のセーターを重ね、チノパンツを穿いていた。

弥生はそんなチノパンツのベルトを、素早い手つきではずしていく。

「あ、あの⁉」

「ほら、どきなさいって」

やめさせようとする大崎の両手をうるさそうに払った。

ズボンのボタンをはずし、ファスナーを下ろす。ボクサーパンツも一緒にして、ズルリと膝まで一気に剥いた。

「うわあ……」

「あら。全然勃ってない」

「当たり前じゃないですか！」

露わにさせられた一物は、萎びた明太子さながらだ。フニャフニャと力なく重たげに、縮んだ陰嚢に貼りついている。

しかし――、

「まあ……でも大崎さんって、意外にココ、おっきかったのね」

弥生は嬉しそうに目を見開き、大崎のフニャフニャに視線を釘付けにする。

「いや、ちょっと。見ないでくださいって。うわあ……」

必死になって、両手で股間を隠そうとした。だが弥生は、そんな大崎の両足から下着とチノパンツを完全に毟り取る。

どけどけとばかりに足を開かせた。股間に潜りこんでくる。

興味津々な顔つきで身を乗り出し、指を伸ばしてペニスを握ろうとした。

――ムギュッ。

「わわっ、な、何してるんですか」

「何って、おち×ちん触ってるに決まってるでしょ。まあ、ほんとにおっきい……真面目そうなふりしてここはこんなにおっきいだなんて、何考えてんのよ、大崎さん」

「弥生さん。ま、待って。待って待って。あああ……」

何を考えているのかなどと、文句を言われる筋合いの話ではなかった。しかも弥生はこともあろうに、ギュッと握った一物を上へ下へとしごき始める。

「わああ、何するんです」

「だからおち×ぽ触ってるんだってば。ううん、正確に言うと……しごき始めちゃってる？　いやン、嘘みたい。大崎さんって巨根だったのね」

「きょ、巨根って……ちょっと待って……ああ……」

弥生を突き飛ばそうとしても、股間から湧き上がる耽美な快感に腑抜けのようになってくる。

まずい、まずいと思いはするも、甘酸っぱさいっぱいの電撃が、キュンキュンとペニスから脳天に突き抜けた。

3

「あああ……」

「ンフフ。いいじゃない、減るもんじゃないどころか増えるもんなんだし。アン、そんなこと言ってる間にも、どんどん増えてる」

「や、弥生さん……」

「仲良しの女友達が、寂しい寂しいって訴えてるのよ？　別に和歌子先生をあきらめて私とつきあってくれとまで言ってるわけじゃなし。ちょっとぐらいいい思いさせなさいよ、私にも。んっ……」

「うわあっ」

しこしこと肉棒をしごかれる内、どんどんいい気持ちになってくる。

海綿体が膨張を始め、ネイルの光る白い指の中で、どす黒い彼の男根は、一気に勃起を加速させた。

そんな卑しい肉棹に、今度は舌のひと舐めが、いきなりれろんと襲いかかった。亀頭に感じた不意打ちの快さに、たまらずビクンと尻を浮かせ、大崎は情けなく煩悶（はんもん）する。

「ちょ……弥生さん……!?」

「あァン、どんどん勃起してる……んっんっ……いいじゃない、大崎さん。一緒に気持ちよくなりましょ。それとも……私なんて全然魅力感じない？」

「そ、そういうことを言ってるんじゃ。あっ、あっ、あああ……」

「じゃあ魅力があるってことよね、私にも。ああ、嬉しいわ。嬉しい、嬉しい。んっんっ……」

「うう、弥生さん」

「いやン、勃ってく。勃ってく、勃ってく。ハァン、すごいデカチン」

「デ、デカチンって……くうぅ……」

……ピチャピチャ。れろん。

「あああ……」

巧みな手つきで牡茎を擦過しつつ、同時に弥生は舌を躍らせ、大崎の亀頭を舐めしゃぶった。

右から、左から、またしても右から。ザラザラとヌメヌメが一緒になった温かな舌先が、我が物顔の大胆さで疼く亀頭に食い込んでくる。

マッチでも擦るような激しさでねろんと擦り上げられた。火を噴くような快感が、繰り返し股間から湧き上がる。

「ああン、いやらしい。勃起してきた……おっきいわ、た、逞しいィン！」

「おおお……」

（どうしたらいいんだ。こんなことされたら、俺……俺――⁉）

まさかこんな展開になってしまうだなんて、まったく想像もしていなかった。

すると弥生は最初から、こういう流れを期待して、自分を家へと請じ入れたのか。

（あ、明子……）

明子というのは長いこと連れ添った大崎の愛妻だ。

彼女が生きている頃はもちろん、病気で急逝してからも、こんな風に他の女性といけない行為を働いたことなど一度だってない。

亡妻の穏やかな笑顔が脳内に去来した。

しかしなぜだか、淑やかなその笑顔は和歌子のそれに取って代わる。

（うう、和歌子先生……⁉　どうして明子じゃなく、和歌子先生が……）

「アァン、大崎さん。分かってるわよ。こうよね？」

「――えっ？」

「ンフフ。おち×ぽこんなになっちゃったら、もうこうされたくてしかたないわよね。ねえ、そうでしょ。ンムゥ……」

「わああ」

とうとう弥生は頭から、すっぽりと口中に怒張を丸飲みした。

得も言われぬ温かさと、ねっとりとした粘りに満ちた粘膜の筒が、全方向からじわじわと猛る勃起を包みこむ。

さっきからずっと感じていることではあったものの、実に久しぶりの心地よさだった。こんな風に亡妻に口奉仕をしてもらったのは、いったいいつが最後だったろう。

「ムフゥン、大崎さん……やっぱりすごくおっきい」

「弥生さん」

口の中いっぱいに、大崎のペニスを咥えこんでいた。そのせいで人相が一変し、癒やし系の美貌がいやらしく崩れている。

だが、それも無理はなかった。

大崎のペニスは大きくなると、十五センチ近くにもなるバズーカサイズ。しかも長さがあるだけでなく、胴回りも太かった。

生殖への渇望をアピールしてでもいるかのように、青だの赤だのの血管を、幹部分にゴツゴツと何本も浮き上がらせている。

その上、亀頭のボリューム感も桁外れだった。活きのいい松茸さながらに傘の部分をビビンと張り出し、我ここにありとばかりに盛んにヒクヒクとひくついている。

「あン、感じるわ……気持ちいいのね、大崎さん。こんなにおち×ぽ、ヒクヒクさせて……」

「うう、弥生、さん……」

「いやン、ゾクゾクしちゃう。あの人のものなんか比べものにならない……あの人の粗チンと、全然違うンン！」

「そ、粗チンて……うわあ」

……ぢゅぽ。ぢゅぽぢゅぽ。ピチャ。

いよいよ弥生ははしたなくも、艶めかしい雌の啄木鳥になった。

大崎の怒張をいささか苦しげに咥えこみながらも、しゃくる動きで顔を振り、猛る一物を一心不乱に舐めしごく。

「むふう。むふう。ンむふぅン」

（ああ、弥生さん。すごい顔！）

もはや大崎は、完全に腰砕けになっていた。

尻上がりに高まる気持ちよさに、意志とは裏腹に力が抜けてしまう。カーペット敷きの床にぐったりとしたまま、頭だけ上げて弥生を見た。

ぱっくりと咥えこむには、いささか大きすぎる肉棒だった。

そのせいで小さな口がまん丸に開ききり、ミチミチと音さえ立てて唇の皮が裂けそうになっている。

大崎のどでかい極太は、弥生の顔のさまざまなパーツを、上へ脇へと押しのけてでもいるかのようだった。

愛くるしい垂れ目がちの瞳が、窮屈そうにいっそう垂れ目になっている。形のいい鼻の穴もハの字に突っ張り、右と左へグイグイと盛んに引っ張られ続けていた。

美しい女性が、大きすぎる自分の男根を咥えこんだときに見せる、気やすく人には晒せない顔つきが大崎は大好きだった。

こんないやらしい表情は、他のどんなときにだって、決して見ることはできないのだから。

「おおお……弥生さん……」

「大崎さん……んっんっ……ハァン、大崎さん……感じて……いっぱい感じて……ムフゥン、ンムフゥン……」

(た、たまらない！)

しかも大崎を歓喜させるのは、誰にも内緒のフェラ顔ばかりではなかった。

四十も半ば近くまで熟しつつある美貌の人妻は、そうした年齢相応に、秘め隠していた淫戯もやはり巧みだ。

(気持ちいい。ああ……)

大崎は思わず背筋を仰け反らせた。

顎を突き上げ、ホハッと恍惚の吐息を漏らす。

小さく窄まった粘膜の筒が、窮屈なほど亀頭と棹を締めつけた。

そんな卑猥でヌメヌメした筒が、前へ後ろへ、前へ後ろへと、盛んに牡棹を舐めしごく。

そうやって激しく擦られるだけでも、天にも昇る心地よさだった。

それなのに、かてて加えて美熟女は、れろれろ、れろんと舌を躍らせ、疼く亀頭を執拗に、飴でも舐めるようにしゃぶってくる。

「くうぅ……ああ、弥生さん。これ、や、やばい……おおお……」

大崎は首筋が引きつるのを感じた。いっときも休むことなく身悶えながら、上ずった声で不様に呻く。ねっとりとぬらつく長い舌が、おもねるように、挑発するように、敏感な亀頭にまつわりつく。

「ンフフ……やばい、大崎さん？　ねえ、こんなことされたらどうなっちゃう。んっんんっ……」

一方の弥生はといえば、してやったりといった雰囲気だ。

ヂュポヂュポと、生々しさ溢れる湿った舐め音を響かせながら、セクシーな上目遣いでこちらを見る。

さっきまで涙に暮れていた彼女はどこへやら。同じ潤みは潤みでも、今の弥生の瞳には、淫靡なぬめりが見て取れた。

（おおお……）

大崎はまたも、背筋に大粒の鳥肌を立てる。

弥生は女の欲望を、堂々と露わにした感があった。

日頃の明るさを一変させ、せつないの、せつないのとでも訴えるかのように、啄木鳥フェラで大崎の忘れかけていた淫心を煽り立てる。

（こ、こいつはまずい……もうだめだ……！）

巧みな弥生の舌奉仕に、初老の性欲が劫火（ごうか）のように燃え上がりだした。

よもや自分がこれほどまでにペニスをギンギンにエレクトさせ、こんな状況であるにもかかわらず、欲情してしまうとは当の大崎ですら思わない。

「むふう。んむふぅン？　あぁン、お、おち×ぽ……すっごいピクピク……」

「うお……うおおお！　ああ、弥生さん！」

「んんウッ!?」

……ちゅぽん。

もはやこれ以上、じっとしてなどいられなかった。衝きあげられるような昂（たか）ぶりで、十歳ぐらいは確実に若返ったかのような感じがする。

自らグイッと腰を引き、弥生の口から怒張を抜いた。いきなり肉棒を引き抜かれ、弥生は口を開けたまま、ゴハッと涎を溢れさせる。

「はぁぁアン、大崎さん……」

白い顎から糸を引き、唾液の雫が滴った。千切れたくても千切れない涎の残りがブラブラと振り子のように力なく揺れる。

「はぁはぁ……弥生さん。もうだめです。俺もう我慢できませんよ！」

「あぁあぁ……」

獰猛な野性に理性を蝕まれた。もういつもの大崎ではなくなっている。座布団から勢いよく起き上がった。弥生に抱きついて押し倒す。

弥生は大崎にされるがままに任せた。色っぽくくなくなと仰臥して身をよじる。プリーツスカートの裾が乱れ、むちむちした太腿が露出した。スカートの裾は派手に裏返り、もう少しでパンティすら見えそうなギリギリ感だ。

4

（おおお、み、見たい！　パンツ……いや……や、弥生さんの裸！）

こうなってしまうと、男には歳なんて関係なかった。

血気に逸（はや）った若者とたいして変わらない浮き立ち方で、大崎は弥生の衣服をひとつ残らず、毟り取るように脱がせていく。

「あぁァン、いや。どうしてこんなことを……大崎さんのエッチ。馬鹿、馬鹿。馬鹿、馬鹿、馬鹿」

「や、弥生さん……」

今さらそれはないでしょうと、文句のひとつも言いたいところではあった。しかし大崎は、言い返したい言葉をグッと呑みこむ。いやがるそぶりをアピールするのも、こうした場面ならでの弥生のお約束なのかも知れなかった。

真面目な大崎に我を忘れさせた、色っぽい愛らしさに免じてここはとことん「エッチな馬鹿」を演じてやろう。

「ほら。ほらほら、ほら」

「はあぁアン、いやあァ……」

恥じらって暴れる女体に有無を言わせず、とうとう大崎は下着姿に完熟妻を貶（おとし）めた。夫への対抗意識を性欲に変えた、むちむち熟女はあだっぽいベージュ色のブラジャーにパンティだけという半裸の肉体を彼に晒す。

「おお、弥生さん……な、なんていやらしい身体！」

眼下で身をよじる色っぽい人妻に、ますます大崎は鼻息を荒げた。

「あン、いや。そんなこと言わないで。ハァァン……」

もっちり熟女である和歌子の上をいく、完熟メロンさながらの豊満ボディは甘い匂いを放っている。

色白のきめ細やかな美肌が、ほんのりと薄桃色に火照っていた。たっぷりの肉に脂肪が乗りきって、包まれたくなるほどフニフニして見える。

そんなピンクの爛熟女体に、いかにも熟女然とした地味なブラジャーとパンティがギチギチに食いこんでいた。それはもう、男の視線を意識して、サイズ違いの小さな下着をわざと着けてでもいるように。

「ああ……あああ……！」

だが、それがよかった。

落ち着いたベージュの色合いも、無駄な装飾などどこにもない簡素なデザインも、まさに「ザ・熟女」という感じである。その上そうしたセクシーな下着が、むっちり美肌に食い込んで肉をくびり出している。

最高だった。大崎はいっそう発情した。

あれほど憧れた和歌子ですら、今この時だけは脳裏にいない。

「くぅぅ、弥生さん！」

「アッはあぁぁ……」

フンフンと鼻息を荒げたまま、二つのブラカップをグイッとずり下げた。

その途端、カップから溢れるゼリーのように飛び出してきたのは、まさに圧巻のHカップ乳房だ。

衣服の上から見立てた通り、やはり百センチ前後は確実にある。

そんな艶めかしい豊熟乳房が、とうとう姿を現したのだ。

しかもブラジャーははずしていないため、下からカップに押し上げられるように、ひしゃげたままになっている。

（おおお、ゾクゾクする！）

大崎はぐびっと唾を飲みこんだ。

湯上がりのように火照った乳は、小玉スイカでも見ているかのようだった。

まん丸に膨らむ乳房の先には、平均サイズより大きめに思える鳶色の乳輪がいやらしい円を描いている。

その真ん中に鎮座する乳首は、もちろんとっくに痼り勃っていた。

よく熟れたサクランボのようにパンパンに膨らみ、惚れ惚れと大崎が見守る中で、乳房と一緒に休むことなく揺れ続ける。

「ああ、すごい……弥生さん、俺マジでたまりませんよ！」

テーブルいっぱいにずらりと並ぶ大好物のご馳走たちを前にして、何から手をつけたらいいのかと、思い惑うような贅沢な心境だった。

こうなったら、あんなこともしたいし、こんなこともしたい。

だがそんな風にあれこれと心で思いはするものの、実は一番したいのは、早くも究極の行為だった。

「あはァ、大崎さん……」

「弥生さん、興奮する。さあ、四つん這いになって。お、犯したい。このむちむちしたエロい身体を……バックからガンガン犯したい！」

「はあぁぁン……馬鹿ぁ……」

馬鹿ぁと大崎をなじりながらも、弥生に抗うそぶりはなかった。

荒々しい彼のリードに導かれるがまま、豊満な女体が裏返される。そのまま獣の体位にされ、ヒップに張り付く薄い下着を、ズルリと腿まで一気に剥かれた。

「うおお、や、弥生さん……！」

「あぁぁん、いやン……いやン、いやン、見ないでぇ……」

ついに大崎の目の下に、もっとも恥ずかしい女の局所が露わになった。

その途端、湯気かと見まがう熱気とともに、甘さに酸味の加わったエロチックな果実臭がもわんと香って顔を撫でる。

「おお……いやらしいオマ×コ！」

「あン、いやぁ。そんなエッチなこと言わないで……だめ。だめダメェ……」

度しがたい情欲に憑かれた大崎は、わざと言葉にしておのれの興奮を弥生に伝えた。踏ん張って開いた熟女の腿の間から、ふっくらと柔らかそうに盛り上がる秘丘の眺めが完全に見える。

いやがって暴れる大きなヒップをガッシと掴んで固定した。挿入の態勢へと移行しながら、食い入るように大崎は、ぎらつく視線を秘園に走らせる。

ヴィーナスの丘を彩るのは、淡い恥毛の茂みであった。

いやらしいワレメがぱっくりと、生々しい花を咲かせている。ヌメヌメと光るあだっぽいぬめりが、開いた花園をいっぱいに濡らしていた。

熟女のトロ肉は、新鮮な豚のロース肉でも見ているかのような色合いだった。興奮したせいで充血し、よけいに生々しい様相を呈している。

獣の格好を強要され、子宮へと続く蜜穴が、ワレメの一番上でひくついていた。まだほとんど何もしていない状態だというのに、待ちかねていたらしい蜜唇は、早くもちょっぴり白濁した下品な汁まで漏らしている。

二人の身体に汗が滲みだしているのは、よく効いた暖房のせいばかりではなかった。

大崎はセーターを、シャツを、半袖の下着を、引き千切らんばかりの勢いで自分の上半身から毟り取るや、いよいよ熟女のすぐ背後で、ググッと両足を強く踏ん張る。

「あぁ、大崎さん……犯されちゃう……私、大崎さんに犯されちゃう！」

無力に犯される哀れな自分に、うっとりと酔い痴れてでもいるかのようだった。大崎が股間の一物を手に取って角度を変えながらにじり寄ると、弥生はさらに尻を上げ、カーペットに突っ伏して色っぽい声を上げる。

その半裸の肢体も大崎同様、淫靡な汗で艶光沢を帯びていた。

「ええ、犯しますよ。ほら、弥生さんの涎まみれの……このデカチンで！」

大崎は言うと、膣穴に亀頭を押しつけた。

そしてそのまま一気呵成に、ズズンと腰を突き出すや、

――ヌプゥ。ヌプヌプヌプウゥ！

「うあああぁ。アァアン、だめ……挿れちゃだめぇ。はあああぁぁ」

「うおお……や、弥生さん。おおおお……」

弥生はハレンチな声を上げ、挿入の衝撃にいっそう高々とヒップを突きあげた。熟女の膝は二つとも、床から浮いてブルブルと太腿の肉を震わせる。

（ああ、すごい……奥の奥まで、こんなにドロドロに……！）

大崎は弥生の臀肉に指を食いこませ、奥へ、奥へと雄茎を沈めた。

たっぷりの潤みに満ちた膣洞は思いのほか肉厚で、しかも狭隘だ。その上プニプニと卑猥な弾力にも富んでいる。波打つ動きで不随意に蠕動し、奥まで進

む大崎のペニスに吸いつくように密着してくる。

「うう、気持ちいい……弥生さん、こんな気持ちいいオマ×コにち×ぽ挿れちゃったら……俺……俺っ――!?」

「はひっ」

……バツン、バツン。

「あはあァ、大崎さん。いやン、おち×ぽ動いちゃった。ハアァ。いっぱいいっぱい動いてるンンゥ。うあああああ」

「うお……おおおお……」

大崎はしゃくる動きで腰を振り、疼くペニスを前へ後ろへ、前へ後ろへと抜き差しした。そうした肉棹の動きに合わせ、熟女の蜜肉はヌチョヌチョと粘りに満ちた汁音を響かせる。

(さ……最高だ！)

とろけるような気持ちよさとは、まさにこのことだった。

怒張から閃く痺れるほどの快美感に、大崎は背筋を仰け反らせ、天を仰いで愉悦の吐息を零す。

ヌメヌメしたヒダヒダとカリ首が擦れ合うたび、腰の抜けそうな電撃が股間を走り抜けた。大崎は暴発しそうになり、慌てて肛門をキュッと締め、同時に両膝も踏ん張り直す。

痩せ我慢をして奥歯を噛みしめれば、甘酸っぱい唾液がじわじわと湧き、口の中に溢れた。亀頭と膣襞の擦過を繰り返せば繰り返すほど、抗いがたい射精感が荒れ狂う波のように押し寄せてくる。

「あっあっあっ、ハァアン、ンハアァ。いやン、大崎さんの馬鹿。こんなことされたら私……感じちゃう。人妻なのに感じちゃうンン！」

性器の擦り合いにとろけたようになっているのは、弥生もまた同じだった。バックから、バツンバツンと大崎の股間にヒップを叩かれて、膣奥深くまで雄々しい巨根を突き挿れられる。好色な熟女は感極まった様子で身をよじり、プリプリと大きな尻を振りたくって獣の悦びに耽溺した。

「ヒイィン。んっひいぃ」

前へ後ろへと半裸の女体を揺さぶられる。いびつにひしゃげたおっぱいが、たゆんたゆんと悩ましげに揺れた。

弥生は熟れた肉体に、さらに汗を滲ませる。薄桃色に火照った美肌がいっそう艶やかな光沢を放ち、ヌメヌメ感が増してくる。

(ああ、もうだめだ!)

——パンパンパン! パンパンパンパン!

「はああァン。うああ。あああああ」

「はぁはぁはぁ……はぁはぁはぁ!」

いよいよ大崎のピストンは、怒濤の連打へとエスカレートした。

熟女の腰を掴んでバランスを取る。リズミカルな鼻息とともに、ポルチオめがけてズンズンと亀頭の楔を食いこませる。

「んひいい。ああ、奥、気持ちいい。大崎さん、奥、気持ちいいの。奥ッ! 奥、奥、奥ゥンン!」

「や、弥生さん……」

「いやン、これだめ。イッちゃうわ。ハァン、イッちゃうイッちゃうンン!」

「うう、俺ももうダメだ……イキますよ! イキますからね!」

二人でひとつの子作り行為は、どちらも自然に狂乱度を増した。

犯される熟女が引きつった声で限界を伝えれば、責める大崎も大声を上げ、最後の瞬間が近いことをうろたえ気味に訴える。

「ひいいん。んッヒィン」

汗ばむ股間が臀丘を叩く、湿った爆ぜ音が高まった。

餅を突く杵さながらに鈴口で、ぬかるむ子宮を激しく抉れば、股間とぶつかる完熟ヒップが、ブルン、ブルンとひしゃげて震える。

「うああ。もうダメ！　イグイグイグッ！　ああああアッ！」

「ああ、出る……」

「あああああ。あっああああああぁっ!!」

――どぴゅどぴゅどぴゅ！　びゅるる、どぴぴぴ！

エクスタシーの稲妻が、脳天から大崎を叩き割った。

大崎は完全に脳髄を白濁させ、射精の瞬間にだけいくことのできる、この世の天国に突き抜ける。

「あ……ああ……あああ……」

「や、弥生、さん……おおお……」

「は……入って、くる……温かい……汁……いっぱい……はあぁ……」

弥生の許しもないままに、中出し射精をしてしまったことに気づいたのは、軽く五回は陰茎を脈打たせた後だった。大崎の逞しいバズーカ砲は、還暦間近とも思えない大量のザーメンを弥生の子宮に我が物顔で叩きつける。

「あの……弥生さん、俺――」

「いいの。今日は……大丈夫だから……ハァアン、好きなだけ……注ぎこんで……あはあぁ……」

「おおお……」

弥生の返事を聞いて、大崎は安堵した。

お調子者の彼のペニスはドクン、ドクンと膣内で脈動し、精液の残りをぬめる子宮になおも激しく飛び散らせる。

亡くした妻とは長いこと、セックスレスの間柄だった。

これほど最高の気分になって、女性の膣奥に最後に精子を注ぎ入れたのは、いったいいつが最後だったろうと、痺れた頭でぼんやりと思う。

「はぁあん、とろけちゃう……あああ……」

見れば弥生はビクビクと、裸身を痙攣させながらアクメの余韻に浸っていた。淫靡に潤んだ瞳の焦点は、まったく合っていないかに見える。

本当にこんなことをしてしまってよかったのかなと、いささか大崎は罪悪感を覚えた。

しかしそれでも彼の怒張は、なおも元気に脈動し、言葉にならない至福感を、弥生にも雄弁に伝えていた。

5

「おおお、和歌子先生……ああ、和歌子……和歌子！」

猛然とペニスをしごきながら、その男は、生臭い息をスマホの画面に吐きかけた。

妻と娘が出ていった、ローン返済も道半ばの４ＬＤＫの一軒家。男一人で暮らすには、あまりにがらんとしすぎている。

明かりも点けずにただ一人、寝室のベッドに腰を下ろしていた。手にしたスマホの小さな画面を、ほの暗いまなざしでじっと見る。

それは——飯塚だった。

食い入るように見つめる画面に映るのは、今日のサークルで盗撮できた、念願の和歌子のスカートの中だ。

盗撮カメラを内蔵した特殊な靴を履いて勉強会に参加した。和歌子の隣の位置に立ち、スカートに靴先を潜らせて、見事に撮影に成功したのだ。

「おおお……メチャメチャ、エロいぜ！」

ロングスカートの中の美脚は、もっちりとした健康美に富んでいた。

いささか太めにも思えるものの、むしろそれだからこそいいとも言える。

脂の乗りきった未亡人の太腿に、飯塚のペニスはギンギンにいきり勃った。口中に涎が分泌して、放っておいても唇の端から次々と漏れ出してくる。

「おお、和歌子……たまんねえ。たまんねえ！」

むちむちと色白な太腿の肉が、キュッと締まっては艶めかしく弛緩（しかん）した。

それと同時に脹ら脛も、エロチックに筋肉を締まらせては緩み、また締まらせては緩みを繰り返し、むせかえるような色香を強調している。

「いいなあ。ああ、いいなあ、いいなあ」

飯塚は歓喜の言葉を呟き、画面に映る未亡人のパンティを凝視した。和歌子のイメージによく似合う、清純そうな純白のパンティだ。

三角形の下着の縁をレースの刺繍が艶やかに彩り、楚々とした色気が強調されている。

秘丘のあたりがこんもりと、柔らかそうに盛り上がっていた。たっぷりの脂肪と滋味を感じさせる、ふっくらといやらしいヴィーナスの丘だ。

「おお、和歌子。むんぅ……」

飯塚はおもむろに舌を突き出した。パンティ越しにれろれろと、スマホに映る局部のあたりを息を荒げて舐め始める。

「はぁはぁ……はぁはぁはぁ……！」

片手は興奮した手つきで、ずっとペニスをしごいていた。

和歌子を犯す自分を想像すると、痺れるほどの射精感が、一気にムラムラとこみあげる。

「ああ、和歌子！　感じるだろう？　俺にマ×コを舐められて、お前もメチャメチャ感じるだろう!?　ああ、イク！　イクイクイク！　うおおおおっ！」

最後の瞬間は、獣のような咆哮とともにだった。

アクメに突き抜けた飯塚は、ペニスの真ん前にスマホを突きだす。和歌子の艶めかしい股間に向けて、どぴゅどぴゅと精液を叩きつける。

「おおお……」

天にも昇る爽快感で、意識が快く白濁した。

勢いよくぶちまけられるザーメンが、液晶画面をビチャビチャと叩いては、すべらかな画面を下へと流れる。

粘つく白い汁が糸を引き、雫となって床に垂れた。

『飯塚さん、も、もうちょっと離れてください。危ないですから』

『て言うか、今の和歌子先生には俺の方がアブナイ奴でしたね。失礼しました。あははは』

まさか盗撮をされているとは夢にも思わない和歌子は、あくまでも折り目正しく飯塚に声をかけていた。そんな和歌子にジョークで答えると、サークルのメンバーが明るい声でドッと笑う。

「和歌子……はぁはぁ……やりてぇなぁ、やりてぇなぁ……なあ、和歌子、お前だってココ……旦那がいなくなってほんとは寂しいんだろう？」

乱れた息を整え、未亡人に語りかけた。画面の中の飯塚は、一度は離れた和歌子へと、再びさりげなく近づいていく。

スマホの画面にまたしても、スカートの中が映し出された。飯塚は、無防備に晒される和歌子の股間をねっとりといやらしく凝視する。

「なあ、和歌子……ココが疼いてたまんねぇだろう？　俺もだよ……はぁはぁ……お前のココに、ち×ぽ突っこみたくてたまんねぇよ……」

震える指をスマホに伸ばした。映し出される和歌子の股間に精液を練りこむような指遣いで、キュッキュとザーメンをかき混ぜる。

おびただしい量の精液を吐いたというのに、飯塚の股間の一物はちっとも萎えようとしなかった。

ビクン、ビクンと不気味な脈動を続けたまま天に向かって反り返り、ひくつく亀頭の尿口から、生臭い精液の残滓（ざんし）を粘つきながら垂れ流した。

第二章　可愛い若妻・百花

1

「ぶーっ」

「きゃー。ちょっとなにやってんのよ、百花ちゃん。あはは。もーやだー」

弥生の陽気な笑い声がレストランに響いた。

もっともそうした笑い声も、他の客たちのかしましい雑談の声にかき消されがちではある。

ショッピングモールの中にあるお洒落なその店は、グリルとベーカリーを売りにした女性に人気のレストラン。開放的なガラス窓からは、昼下がりの明るい日差しが燦々と降り注いでいる。

ランチタイムの店内は、今日もほぼ満席だ。網焼きの食事や食べ放題のパン、お茶やおしゃべりに夢中の客たちで実に賑やかである。

「弥生さん、あの……今なんて。げふげふ」

グレープフルーツジュースを噴いた百花は、なおも激しくむせながら弥生に聞いた。弥生はそんな若妻に愉快そうに笑い、

「だから浮気しちゃったの。昨日、勉強会の後、大崎さんと」

身を乗り出し、周囲に聞こえないように、小声になって百花に告げる。

「う、浮気……ほんとですか……？　げふっ……」

片手でとんとんと胸のあたりを叩きつつ、百花は弥生にたしかめる。落ち着け、落ち着けと、必死に自分をなだめようとした。

「ええ、ほんとよ。久しぶりに燃えちゃった。ンフフ」

弥生は色っぽく笑い、鼻歌でも歌い出しそうな雰囲気で食事を続ける。

彼女が食べているのは、今にも血すら滴りそうな牛ランプのグリル。一方の百花は、カロリーを気にして若鶏のグリルを食べていた。

「も……燃えちゃった……？」

「ええ、燃えたわ。結局、三回もエッチしちゃった」

「三回⁉」

内緒の告白をする弥生に、百花は仰け反った。

「ウフフ」

「ぐ、ぐびっ」

「あら、唾なんか飲んじゃって」

「の……飲んでません！」

思わず顔が熱くなる。お願い、赤くならないでと狼狽(ろうばい)しながら思うものの、百花は耳にまで熱を感じた。

「飲んだじゃない、今。そりゃそうよね、顔見知りの二人がエッチしたっていきなり聞かされたら、生々しくってドキドキしちゃうわね」

「はうう……」

食欲旺盛らしい弥生はフォークとナイフで肉を切り、もりもりと口の中に運んだ。百花はそんな熟女に当てられてしまい、食事の手も止めて、じっと弥生を見つめ続ける。

「気持ちよかったわよー。真面目で堅物そうに見えるけど、やっぱり亀の甲より年の功よね。大崎さん、意外にエッチの時はワイルドでテクニシャンなの」

「やめてください……」

あけすけな弥生の告白に、百花はたまらず首をすくめた。周囲の反応が気になって、チラチラと、あちらへこちらへ視線を向ける。

「大丈夫よ、誰も聞いちゃいないわ」

しかし弥生は平気の平左だ。

うろたえる百花にヒラヒラと手を振る。おいしそうに牛ランプを口の中に入れ、幸せいっぱいな様子で相好を崩す。

「しかもあの歳で三回もエッチできるだなんて、あの人も相当タフねー。もっとも私だって、そのたびち×ちんしゃぶってやったり、パイズリしてあげたり、いろいろとがんばったんだけどね。フフフ」

「弥生さん……」

「ざまあみろって思った、ダンナに」

それまでほんわかとしていた弥生の雰囲気に、突然ピリッとしたものが混じった。百花はハッとして、そんな熟女を凝視する。

「大崎さんにも言ったんだけど、目には目を、歯には歯をだわ。ハンムラビ法典信者でいくことにしたの。何もこっちだけが我慢する話でもないわけだし。そもそも悪いのは、ダンナなんだしね」

「それは……たしかに、そうかもだけど……」

百花は呆気にとられたまま、弥生を見つめた。

「ごちそうさまの会」では一番の仲良し。互いの夫に浮気をされている同胞同士と分かってからは、さらに心が近づいた。

そう。

弥生と同様、百花もまた、夫の不倫に苦しめられていた。

会社の先輩だった三歳年上の夫とは、一年前に結婚した。自分に隠れてこそこそと、他の女と会っていることに気づいたのは半年ほど前——「ごちそうさまの会」に入会したのとほとんど同じ頃である。

夫の愛人は、高校時代に交際をし、一度は別れた女性らしかった。百花と結婚する前からの腐れ縁の関係のようである。まさか新妻にばれているとは思わずに、百花の夫は今も内緒で愛人と逢瀬を重ねていた。

百花はそんな夫に激しく傷つき、どうしたらいいのかと悶々とした。

逃げ場を求めるように「ごちそうさまの会」に顔を出し、弥生にもいろいろと相談をした。

だが、百花の悩みを受け止めつつ、弥生もまた彼女なりに苦しんでいた。

そうした弥生の思いつめかたが、この頃いささか深刻さを増してきていたことには、実は百花も気づいていた。

みんなの前では努めて明るく振る舞っていたものの、明らかに弥生の胸には何らかの変化があったように感じていたところだったのである。

だがよもや、このような形で夫への逆襲に打って出ようとは思わなかった。弥生がとった行動の大胆さに、正直百花は圧倒されていた。

「次は百花ちゃんの番よ」

すると弥生が、あっけらかんとした笑顔になって言う。

「――えっ⁉」

思いも寄らないその言葉に、百花はきょとんと目を見開いた。

「私の……番？」

「百花ちゃん。私、断言する」

「は？」

「スカッとするわよー。今まで何をウジウジ悩んでいたんだろうって、世界が一変するわ。私、大崎さんに心から感謝したもの。これ、経験者は語る、ね」

弥生は色っぽくウインクをし、茶目っ気たっぷりに舌まで出して見せながら百花に言った。

「弥生さん……」

戸惑った百花は返事に窮す。

たしかにこれまでも、夫の話になるたびに「私も浮気しちゃおうかなぁ」などと冗談交じりに話してはいた。

しかしあくまでも、冗談は冗談。

夫の裏切りに深く傷つき、捨て鉢になる気持ちもなくはなかったが、それと本当に不実を働くこととは別の話だと思っていた。

そしてそんな思いは、今だってまったく同じはずだ。

ところが——。

「百花ちゃん。大崎さん、ほんとにオススメよ」

「……えっ！」

　どういうわけか、弥生のひと言ひと言に、ドキッとしたり、ギクッとしたり、今日の自分は尋常ではない。

　生々しい浮気話を堂々とされて調子が狂っているのだろうか。

「や、弥生さん」

「誤解しないでね。私、大崎さんとつきあうつもりなんて全然ないし、独り占めするつもりもまったくないから。そもそもあの人の本命は和歌子先生だって、悔しいけど分かっているし」

　弥生は唇を窄めて寂しそうに笑い、ストローでチュチュッとアップルジュースを飲んだ。百花の心臓はバクバクと猛烈に拍動を始めている。

「和歌子、先生……」

「ほんとはね、昨日だって最初のエッチが終わったら、大崎さん、『もうこれ以上は……』っていやがったの。『和歌子先生が気になる？』って聞いたら、困ったようにうつむいてた」

情事の記憶を脳裏に蘇(よみがえ)らせているのか。弥生はほんのりと熟れた美貌を火照らせて、問わず語りに百花に聞かせた。

「でも私が『今日だけ。ほんとに今日だけだから。お願い、もう少しだけ素敵な思い出、私にちょうだい』って駄々をこねたら……」

「結局……三回、も……？」

「そう。しかも、三回とも、とっても熱かったの」

「うう……」

二人は目と目を見交わした。百花は自分の心臓が鼓動する激しい音を聞きながら、脳裏で大崎の笑顔を思う。

百花の父親と同世代の男性。最初はただの「おじさん」にしか思えなかった。

しかしサークルで何度も顔をあわせ、話をする機会が増える内、大崎がとても優しくて、癒されるような気持ちにさせてくれる不思議な存在であることに気づくようになっていた。

（け、けど……私が……大崎さんとエッチ……？）

想像しただけで、地に足が着かなくなった。それまでそんな展開を考えたことなどなかったのだから、当たり前の話である。

だが実際に、大崎と情を通じ合わせたという友人を目の当たりにして話を聞いていると「心癒される素敵なおじさん」に過ぎなかったはずの初老の男が、一気に生々しい存在に変わってくる。

「あの人ね……」

そんな百花の本音を知ってか知らずか、弥生は秘密めいた顔つきになって囁いた。

「……とってもおっきいの」

「は？」

「あ・そ・こ……おち×ちん」

「えっ⁉」

（お、おち×ちん⁉　あっ——）

そのものズバリの淫らな言葉に、たまらず股の付け根が疼いた。

（やだ、私ったら）

「もうね、私のダンナの粗チンなんて比べものにもならないぐらい。失礼だけど、百花ちゃんの旦那さんって、おっきいの、ち×ちんは？」

「弥生さん……」

「どうなの。おっきい？」

「べ、別に……多分……それほどでは……!?」

恥ずかしいことを聞かれ、ますます顔が熱さを増した。

優しげな風貌をしたあの男性と、大きなペニスの取り合わせはかなり意外だ。しかも、そのことにとてもドキドキしている、さらに意外な自分もいる。

(私ったら……どうしちゃったの……)

「久しぶりに感じちゃった。おっきなち×ちんの先っぽで、グリグリってポルチオを責められると、もうたまらないのよ。百花ちゃんも、もうポルチオでしっかり感じる方？」

「わ、分かりません……」

熱さで頬がヒリヒリするのを感じながら、か細い声で百花は答える。

ポルチオ性感帯のことは話に聞いてはいるものの、結婚前はもちろん結婚後だって、さして性体験が豊富なわけではない百花にはどこか遠い世界の話だ。

「いいわよー、大崎さんのち×ちん。ポルチオに確実に届いてくれるし、あの人優しくて、しかも逞しいから、しっかり満足させてもらえる。ねえ、思いきって飛びこんでみたら？　旦那さんへの当てつけに」

「そ、そんな……」

（あァン）

そのものズバリな弥生の物言いに戸惑いながらも、百花の股間はキュンキュンとエッチな疼きを感じていた。そうした自分の肉体の不埒で過敏な反応にうろたえ、百花はひたすらそわそわと盛んに尻をもじつかせる。

もはやご飯も、完全に喉を通らなかった。

（大崎さん……）

大崎が和歌子に好感を抱いているらしいことは、百花も知っていた。

だが自分には関係のないことだと、ずっと距離を置いてきた。ところが今は、そんな大崎がやけに身近に感じられる。

包みこむような笑顔を、脳裏に鮮明に思い出した。そして百花の淫靡な興味は、大崎の穿いたチノパンツ——その股間部分へと、はしたなく移る。

（ああ……）

股間の疼きがさらに高まった。

ヌルッとはしたないぬめりの感覚すら、恥ずかしいけれど百花は覚える。

「ウフフ」

そうした百花を、ねっとりとした笑顔で弥生が見つめた。

その笑い方は、分かっているのよと色っぽく囁いてでもいるかのようだった。

2

「あら、大崎さん」

「あっ、先生……」

近くのスーパーに行こうとしていた。

そんな大崎が偶然和歌子と出会ったのは、逢魔（おうま）が時。弥生との思わぬ出来事から、すでに三日が経っていた。

「お出かけですか」

和歌子は上品な笑みを浮かべ、小首を傾げて聞いてくる。清楚な未亡人の色っぽい挙措に、思わず胸が高鳴った。

艶やかな黒髪は、アップにまとめられていなかった。ストレートの長い髪が流れるように背中で揺れる。

和歌子の自宅は、大崎の暮らす一軒家から徒歩にして十分ほどの距離にあった。大崎の知る範囲で言えば、和歌子と百花とは、意外にご近所さんなのだ。

「い、いえ。ちょっとスーパーに。この間先生に教えていただいたレシピに今日も挑戦してみようかと思いまして」

大崎は頭に手をやって恐縮し、努めて平静を装いながら和歌子に言った。

「まあ、それじゃ大崎さんもダイエットですか？」

和歌子は片手を口元に当て、クスリと笑いながら聞いてくる。

体重が悩みだという女性会員たちのリクエストに応えて企画された勉強会は、大好評だったようである。しかし大崎のような初老の男までがダイエットなのかと、和歌子は意外に思ったようだ。

未亡人が品良く笑うたび、胸元のたわわな膨らみがたぷたぷと揺れた。

大崎はそこに両目が吸いつきそうになり、持てる理性を総動員させてベリボリバリと視線を引き剥がす。

「あ、いや……そ、そういうわけでは。ただ、けっこう手軽に作れる料理ばかり教えていただきましたし、何よりみんなおいしいので、つい」

大崎はぎこちなく笑って説明をした。

決して世辞のつもりはない。和歌子が教えてくれる料理はどれも、本当に便利で、味の面でも感動ものなのだ。

「そうでしたか」

「ええ」

「……フフ」

「あ……あは。あははは」

淑やかに笑う和歌子との間に、ほんの数秒、気詰まりな沈黙が降りた。

もうそれだけで、大崎は大慌て。何か喋らなければと思いはするものの、よけいパニックになってしまい、満足に言葉も出てこない。

(何か言え、馬鹿。何か言えっての)

「……それじゃ、私はこれで」

和歌子は帰宅の途中だったらしい。上品な笑みを浮かべたまま優雅に会釈をし、別れを告げて歩きだそうとした。

「あっ、ど、どうも……」

大崎は、間抜けな笑顔でそんな和歌子に会釈を返す。

せっかく彼女と話ができる願ってもない好機だったのに、チャンスは呆気なく大崎の手からすり抜けた。

「何やってんだかな、俺は……」

遠ざかっていく未亡人の後ろ姿を見送って、ため息交じりに大崎は言う。

弥生とならば気楽に話ができるのに、相手が和歌子だと途端に緊張し、怖じ気づいてしまう自分が滑稽だった。

「て言うか。うおお……」

仰け反り気味に、大崎は和歌子を目で追う。

盗み見るつもりはなかったけれど、ついつい視線は未亡人のヒップのあたりにまつわりついていた。

今日の和歌子はざっくりとしたセーターにカジュアルなブルーデニム、暖かそうなダウンジャケットという若々しい装いだった。

だがデニムを穿いているということは、臀肉の形が惜しげもなく晒されているということでもある。

よく熟れた、大きな白桃でも包みこんでいるかのような眺めであった。

甘い果汁をいっぱいに満たしたおいしそうな桃尻が、デニムの布を盛り上げてはち切れんばかりに盛り上がっている。

そんなヒップが歩くたび、右へ左へとプリプリと揺れた。

和歌子にそんなつもりは微塵もないだろうものの、息詰まるようなセクシーさに、こちらは悶々としてしまう。

「い、いかんいかん。俺としたことが……」

我に返った大崎は、慌てて和歌子から視線を逸らした。弥生とあんなことになって以来、何だか終始、調子が狂ってしまっている。

「頼まれたからって、三回もする奴がいるか。この大馬鹿者が……」

ブツブツと自分に小言を言いながら、スーパーへの道を歩きだした。

ちょっとでも気を抜くと、あられもない弥生の喘ぎ声が脳裏に蘇り、大崎は本気でうろたえる。

「やれやれ。早く平常運転に戻らないと」

自分に言い聞かせるように、ため息交じりに言って足を速めた。

とにかく今夜はメモを見ながら料理のおさらいを真剣にしようと、改めて気合いを入れながら……。

3

それにしても、人生というものは本当に分からないと、心から百花は思った。

まさか弥生とあのような話をした二日後に――、

「上手ですね、大崎さん。包丁の使い方、どんどんサマになってきてる」

「ええ？　あはは。そんなことないですよ。いつ手を切っちゃわないかって、そんな心配ばっかりしてるんです」

「そんなそんな。お上手ですよ。私も見習わないと……」

大崎と仲睦まじく本当に、こんな会話を二人っきりでしているだなんて。

ここは、大崎が一人で暮らす彼の家。

男一人のやもめ暮らしだと聞いていたが、驚くほどに掃除が行き届いていた。このキッチンも、そこから続くカーペット敷きのリビングルームも、丁寧に手入れのされた清潔感と居心地の良さに満ちている。

百花はついさっき、近所のスーパーで大崎とバッタリ遭遇したのだった。

そして――、

『――えっ！　この間の和歌子先生のレシピに挑戦するんですか。お、大崎さん、よかったら私もご一緒させてもらえません？　うろ覚えの部分があって、教えてもらいたいところがあるんで。お邪魔かも知れませんけど、長居はしませんから、ぜひ……』

大崎の話を聞くやいつにない大胆さで彼に頼みこみ、何食わぬ顔をしてその家に女一人で付いてきてしまっているのである。

もしも弥生がこのことを知ったなら、

『とうとうその気になったのね、百花ちゃん。それでいいのよ！　さあ、思いきり大崎さんに甘えて、いっぱい溜まってる欲求不満を彼に晴らしてもらいなさい』

とニンマリと笑ったかも知れなかった。

そんな弥生の、それ見たことかとでもいうような秘めやかな笑顔を想像すると、ますます複雑な気分になる。

だが弥生とランチをしてから、ずっと心に大崎の笑顔があったことは事実であった。

夫の前では相変わらず、何も知らない無邪気な妻を演じていた。

だが夫を前にしていてさえ、実は昨日も一昨日も、密かに百花は大崎に抱きすくめられる自分を想像しては、一人で背徳的な気分になっていた。

今夜は仕事で遅くなると、夫からは言われている。

女の勘で百花には分かった。今夜はまた、例の愛人と汗みずくになって、こっそりどこかで熱烈に抱き合ってくるつもりなのだと。

平気なふりをして過ごすには、あまりにも百花は傷つきすぎていた。

一人っきりのマンションで、夫の帰りを待つことは今まで以上にエネルギーを必要とした。しんどかった。

大崎に偶然出逢ったのは、買い出しに出てきたスーパーの店内だった。互いの家が意外に近いことを以前に話していて、「いつかどこかでバッタリ会ったりするかも知れませんね」などと冗談めかして笑いあっていたが、まさかこのようなタイミングでそのときが来るとは思わなかった。

正直に言うなら、今日の自分は、いつもの自分ではなくなっていると百花は思っていた。

いつもと変わらぬ大崎の笑顔に、激しく心がざわついた。

こんな穏やかな顔をして、実は弥生の夫から密かに彼女を寝取っていたのだと想像すると、

——今度は私を。私を奪って。大崎さんの好きにして！

思いも寄らない狂おしさで、大崎にしがみつき、泣き崩れたい心境になった。

(抱かれるんだ、これから私……このお父さんみたいな男の人に……)

台所の流しで包丁を使う大崎の横顔をチラッと見つめ、緊張のあまり、全身が痺れた。

しかしもう、後戻りなんてできなかった。戻ったところでそこにあるのは、他の女と浮気をしている男と暮らす空(むな)しい暮らしだけだ。

「えっと、百花さん。このスープは……あと、何を入れればいいんでしたっけ。マッシュルームは切ったし、あとは……」

「しめじですよ、しめじ」

「ああ、そうか。メモを見ないとこのザマですよ。百花さんの方がしっかり覚えてるじゃないですか。あはは」

「た、たまたまそこは。ウフフ……」

（大崎さん、お願い。拒まないで……！）

二十四歳の新妻は、さりげない調子で会話をしながら、せつない思いで祈っていた。

チラチラと、大崎の股間に熱っぽいまなざしを向ける。

そこにある、弥生が賛美した卑猥な牡のシンボルを想像した。人が変わりでもしたかのようなおのれのハレンチさに、百花は心から自分を恥じた。

（あっ……）

心で声を上げ、彼女はさらに動転する。

なぜだか急にこちらを見た大崎と視線が合ったのだ。

(お、大崎さん!)

甘酸っぱい激情が、胸底から一気に高まった。

もうだめ——心で悲鳴を上げながら、百花は脳裏で夫を黒く塗りつぶした。

(ひょっとして、これは『モテ期』ってやつか)

台所の流し台に百花と並んで立ち、和歌子に教えてもらったレシピに従って料理を作りながら、大崎は心中で何度も首を傾げていた。

先日弥生と、あのようなことがあったばかり。

それなのに、情事の余韻も醒めやらぬ内に、今度は年若い娘のような人妻と、こんな風に一緒になって料理を作っているだなんて。

(こうして見ると、やっぱりまだ子供にも思える)

百花は彼のすぐ隣で、瞳を輝かせて一緒にレシピを確かめていた。

大崎の手元を真剣に見つめている。

そんな可愛い若妻に、大崎は父性本能を刺激された。

くりっとした大きな瞳が印象的だった。美貌には、いまだいたいけな雰囲気がある。明るい栗色のボブヘアーは、キラキラとキューティクルを輝かせた。

今日の百花は、カーキ色のVネックプルオーバーにブラウンの膝丈フレアスカートという出で立ちだった。モデルかと見まがうようなすらりと細身な体つきに、そうしたキュートな洋服がとてもよく似合っている。

百花の態度は、いつもとまったく変わらなかった。弥生とは仲がよかったが、さすがに弥生も、大崎とのことまでは話していないようである。

もしも話していたならば、こんな風に無防備に自分と二人きりになろうなどとはしないだろう。

百花に隠しごとをしていると思うと、大崎はちょっぴり罪悪感にかられた。

（……んっ？）

チラッと隣を見た大崎は、眉を顰めそうになった。

あどけない笑顔の若妻が、大崎の股間のあたりを潤んだ瞳で見つめていたように思ったのは、気のせいであろうか。

（そりゃ気のせいだろうな。で、でも……）

平静を装って料理を続けようとした。

しかし百花が気になって、再び彼女の方を見る。

（あっ）

すると今度は、彼女としっかり目が合った。しかも百花は、そんな視線の交錯に動転したように、明らかにモジモジし始める。

（な、なんだ。なんだ、なんだ、なんだ）

「大崎さん！」

「うわあっ」

大崎は間抜けにも、素っ頓狂（すっとんきょう）な声を上げた。しかしそれも無理はない。何しろいきなり新妻が、むしゃぶりついてきたのである。

「も……百花さん!?」

「ごめんなさい。ごめんなさい、ごめんなさい！　ああ、でも……お願いです、いやがらないで……」

「えっ、ええっ？」

「恥ずかしいんです。私、顔から火が出そうです。でも……でも……ああ、大崎さん！」

「んむぅ……？」

大崎は仰天し、思わず両目を見開いた。

これはいったいどうしたことか。百花が顔を上向け、爪先立ちになり、自ら彼の唇に柔らかな朱唇を押しつけてくる。

（キ、キス!?　俺が、百花さんと……？）

「あァン、大崎さん。んっ……んっんっ……」

「も、百花、さん……あの、ちょっと……んむぅ……」

……ピチャピチャ。ちゅぱ。

（おおお……？）

大崎の唇を熱っぽく奪った百花は、彼の首に両手を回した。

熱く秘めやかな鼻息を、大崎の顔面に吹きかける。右へ左へと顔を振り、ものの狂おしい勢いで彼の唇を吸い立てた。

大崎はパニックになりながらも、慌てて包丁をまな板に置く。ふらつく足を踏みしめて体勢を変え、流し台に背中を向け、腰を押しつけた。

そんな大崎に合わせて立ち位置を変え、さらに熱っぽく抱きついてきた。百花はちゅうちゅうと、彼の口を吸引する。

そのたび淫靡で甘酸っぱい疼きが、キュンと股間を駆け抜けた。

狼狽していることに嘘偽りは微塵もない。それなのに、百花の熱烈なキス責めに、淫らに硬くなり始める不埒なペニスがそこにある。

（ああ、唇……や、柔らかい！）

大崎はたまらず、うっとりとした。

百花の唇はぷっくりと肉厚で、まるで新鮮なサクランボのような感触だ。そうした朱唇がプニプニと、柔和にひしゃげてよく弾む。

可愛い新妻の口臭は、甘く香しい匂いであった。鼻腔に染み渡る甘美なアロマにも、大崎はゾクゾクとつい鳥肌を立ててしまう。

「も、百花さん……」

「んっんっ、大崎さん……こんなことする女、嫌いですか？」

「ええっ？」

「お願い、嫌いにならないで……恥ずかしすぎて、穴があったら入りたいほどなんです。それとも……やっぱり和歌子先生じゃなきゃだめですか？」

「ううっ⁉」

「ああ、大崎さん！」

百花は大崎から朱唇を放した。

すかさず大崎の手首を取るや、潤んだ瞳でこちらを見上げ、自身の胸へと彼の指を――、

……ふにゅり。

「はぁぁん……」

「うおおっ！　ちょ……百花さん⁉」

大胆な仕草で押しつけた。その上さらにグイグイと、柔乳深くまで彼の指を無理矢理食いこませようとする。

驚いた大崎は、慌てて乳から手を放そうとした。しかし百花はそうはさせじと唇を噛み、大崎の手の甲に自分の手のひらを重ねて、

「揉んでください。お願い、揉んで……大崎さんの好きにしてください！　だ

めですか。好きにされたいです！」

自ら指を開閉させて乳を揉み、大崎にもそうしろと求めてくる。

「ああ、も、百花さん。うわあ……」

不可抗力で大崎の指は、百花の巨乳をグニグニと揉んだ。みずみずしさと弾力に富んだ得も言われぬ感触に、大崎は狼狽し、ますます身体が熱さを増す。

（ま、まずい。まずい、まずい、まずい！）

百花のおっぱいに強引に指を食いこまされ、大崎は本気で浮き足立った。スレンダーな肢体の持ち主とも思えない、Fカップ、八十五センチの大きな乳房はやはりダテでも何でもない。

男の情欲をそそり立てる、豊かなボリューム感に満ちていた。

揉めば揉むほど淫靡な張りを増し、大崎の指を面白いほど押し返す若々しさにも理性を麻痺させられる。

次第に大崎は鼻息が荒くなった。百花に揉まされているのではなく、自分の意志でねちっこく、まん丸な乳房にグイグイと指を埋めたくなってくる。

だが——、

「百花さん。どうして、こんなことを……」

やはり、そう問いかけずにはいられなかった。

据え膳食わぬは男の恥だとはいうものの、二十四歳の新妻がどうして自分なんかをと思う気持ちはどうやってもそう簡単にはごまかせない。

「はうう、大崎さん……あっあっ……はあぁ……き、聞きました……弥生さんから、聞いたんです……」

すると百花は、乳を揉まれる悦びに艶めかしい声を上げながら、濡れた瞳で大崎を見た。感じながらも恥じらわずにはいられないウブな美貌にはほんのりと、さらに赤味が増している。

「ええっ……？」

百花の返事に、大崎はいささか驚いた。弥生とのことはばれてはいないなどと安心していたのだから、彼がびっくりするのもしかたがない。

「や、弥生さんに？」

「私も……私も夫に裏切られているんです」

「――っ!?　百花さん……」

「だから私も、他の男の人と浮気してもいいんだなんて完全に開き直れているわけじゃありません。でも……弥生さんが羨ましくて……」

「いや、あの――」

「大崎さんは優しかった、逞しかった、とっても素敵だったのよって、すごく幸せそうに弥生さんに言われて……」

「うお……おおお……」

ねっとりと潤んだ瞳で見つめられ、甘酸っぱい痺れが胸から広がった。若妻の乳を揉む十本の指にも、ついつい淫らな力が加わる。

「も、百花さん……ああ、百花さん！」

……もにゅもにゅ。もにゅもにゅもにゅ。

「はあぁん……も、もっと揉んで……揉んでください！　弥生さんほど、おっぱいが大きくなくてごめんなさい。女としての魅力も、全然足りないって分かってます。でも……!?」

いつもニコニコと可愛く笑っている人妻が、せつない感情を露わにした。

大崎の手の甲に重ねた白い指が、わなわなと震えながらさらに強く重なってくる。

「お願いです……こ、興奮できませんか？　私も弥生さんみたいになりたいです。大崎さんに抱かれて、夫のことを……つらい毎日を、少しでも……少しでも——!?」

「百花さん！」

「きゃっ」

なんて可愛いねだりごとをしてくるのだろうと魂が震えた。大崎を社会に繋ぎ止めている理性の鎖が、音を立てて引き千切られる。

乳房から手を放し、若妻の細い手首を取った。六畳ほどの台所を後にして、そこから続く八畳のリビングルームへと足を踏み入れる。

「はあぁぁん……大崎さん……あああ……」

4

リビングルームにはテーブルセットと、大型の４Ｋテレビなどが置かれていた。

最寄りの駅からは徒歩で十二、三分。中低層の建物が広がる、どこの街にでもあるような住宅街の一角だ。

二階建て、５ＬＤＫの木造住宅は二階に三つ、一階には二つの部屋がある。一階にあるのは、六畳の客間と四畳半の仏間。そして客間は、リビングルームとは廊下を隔てた反対側にあった。

大崎は百花の手を取ってリビングを抜け、廊下を通り、和室の客間に入った。興奮のせいで、わなわなと身体が震えている。

弥生だけでなく、百花にまでこんな風に求められてしまうだなんて、やはりこれは「モテ期」であろうか。何にしても、いつもとは調子が違っている。

本当に、自分なんかが年若いこんな女性を抱いてしまっていいのだろうかと戸惑う気持ちはもちろんあった。

しかし、愛らしい若妻の恥じらいに満ちた哀訴姿を思い出すと、これで奮い立たなければ男ではないぞと発奮する気持ちにもさせられる。

（和歌子先生……）

痺れた脳裏に蘇るのは、先ほど短時間だけ話ができた愛しの未亡人の淑やかな面影だ。

心に和歌子がありながら、弥生だ今度は百花だと、仲の良い女性と片っ端から関係を結んでしまっている自分の境遇が信じられない。

大崎は心で和歌子に詫(わ)びた。亡き愛妻にも許しを請うた。

押し入れの襖(ふすま)を開け、震える手で客用の布団を畳に敷く。

さすがにシーツまで敷く余裕はなかった。剥き出しの布団に百花と乗り、鼻息も荒く、彼女をエスコートして横たわっていく。

「ああン、大崎さん……」

「百花さん。い、いいんだね？　ほんとにいいんだね!?」

「ハアアァ……」

仰臥する若妻の身体に覆い被さった。もはや股間の一物は、年甲斐もなくフル勃起状態で反り返っている。

罪の意識がそう見せているのだろうか、何だか百花の面差(おもざ)しには、先刻までよりいっそう色濃い惑いの気配が滲んでいる気がした。

「ああ、百花さん！」

しかし欲望に火の点いた男という生き物は、もはやとって返せない。上ずった声で人妻を呼び、万歳をさせてVネックのプルオーバーを毟り取る。

「はあぁ……」

中から露わになったのは、きめ細やかな色白の美肌だ。余分な肉などどこにもない、すらりと細身で華奢な肢体は、繊細なガラス細工を思わせる。

「あン、お、大崎さん……」

見られることを恥じらうように、反射的に両手をクロスさせて乳房を隠そうとした。柔らかそうなFカップ乳房を包むのは、健康的な色気を感じさせるピンク色のブラジャーだ。

その上両手をクロスしたせいで、乳房が腕に圧迫された。ブラジャーもろともいやらしくひしゃげ、二つ一緒にふにゅりとせり上がっている。

(こ……こいつはたまらん！)

みずみずしさ溢れるキュートな新妻と、生々しさを感じさせる下着姿のギャップに、大崎の怒張はますますいきり勃った。

それではパンティはどんなだろうと、今度はアソコに興味が向く。

ブラウンのフレアスカートのボタンをはずした。ファスナーを下ろして下半身から、ズルリ、ズルズルとスカートを脱がせる。

「あぁ、いやぁ……」

「うおお、ああ……セ、セクシーだよ、百花さん！」

百花の股間を包みこんでいたのは、ブラジャーと揃いのピンクのパンティだった。

色こそエロチックではあるものの、男に見られることを目的とした扇情的な下着ではない。ごく日常的で地味なデザインにも思えるパンティであることに、大崎はいっそうゾクゾクと昂ぶり、股間の一物を疼かせた。

「き、綺麗だ……綺麗だよ、百花さん……」

うっとりと若妻の半裸身を見つめながら、自らも着ているものを脱ぎ捨てた。百花の羞恥心を少しでも軽くさせようと、まずは自分が全裸になろうとしたのである。

（おおお……）

そうしながら改めて見ると、やはり百花は抜群のスタイルだった。

モデルのように伸びやかな女体は手も足もすらりと長く、すべてのパーツがため息の出るような造形美に恵まれている。

「はうう……大崎さん……」

百花はチラッと大崎の股間に目をやった。潤んだ瞳が弾かれたように慌ててそこから離れるや、可憐な美貌が一段と紅潮する。

(なんて可愛いんだ)

初々しさ溢れる百花の反応に、さらに情欲を煽られた。真綿で首を絞められたような息苦しさに駆られつつ、

「み、見せて。おっぱい見せて、百花さん。ほら……」

「はあぁ……」

全裸になると、再び新妻に覆い被さった。

白い細腕を胸から剥がす。薄い背中に両手を回すと、ブラジャーのホックをそっとはずし、百花の胸から大きなカップをドキドキしながら毟り取る。

――ブルルルンッ!

「おおお……百花さん、すごい……!」

「んあぁぁ、だめ、大崎さん。いやあぁ……」

それはまるで、カップから皿に移したプリンでも見ているかのような眺めだった。

ダイナミックに盛り上がった二つのおっぱいが派手に揺れ、円を描くようにいやらしく動く。仰向けになっているのに、まん丸と盛り上がったままあまり型崩れしないのは、やはり若さのなせるわざだ。

（うう、乳首もいやらしい！）

見事に膨らむ色白な乳房の頂点には、淡い鳶色をした乳首と乳輪があった。

乳輪は、ほどよい直径の慎ましやかな円である。

だが乳首はそれとは対照的に、結構大ぶり。しかもすでにビンビンに勃起し、痛いのではないかと思うほどまん丸に張りつめている。

「す、素敵だ……百花さん、可愛いよ……！」

「あああああ」

賛辞の言葉を声を上ずらせて言い、大崎は両手でふにゅりと双乳を鷲掴みにした。指に覚える淫靡な感触に、ますます身体が妖しく痺れる。

（ああ、こんなに熱を持って……それに……この弾力！）

……もにゅもにゅ。

「あぁん、いや、いやあぁぁ……」

……もにゅもにゅ。もにゅもにゅもにゅ。

「はあぁん、大崎さん……」

「おおお……」

大崎は鼻息を荒くして、八十五センチの豊乳を盛んに揉みしだいた。

はっきり言ってこの揉み心地は、数十年ぶりに味わうもの。熟れた女の乳とは違う、初々しい弾力に満ちた若い乳房は、揉めば揉むほど張りを増し、大崎の指を勢いよく押し返す。

「うう……うう、う……」

「えっ？　あっ――」

そのときだった。

ようやく大崎は異変に気づく。百花の喉から漏れ出す声は、それまでに聞いていたどんな音色(ねいろ)とも大きく違った。

「も、百花さん……！」

若妻の顔を見上げた大崎は虚を衝かれた。

百花の表情はまったく分からない。両手で覆われてしまっているからだ。

しかし彼女がどんな感情でいるのかは、痛いほどに伝わってくる。

百花は、慟哭（どうこく）していた。

「あ……あの……」

「ごめんなさい。大崎さん、ごめんなさい。うー」

謝りながらも、さらに百花は嗚咽（おえつ）した。

キュートな美貌をぴたりと覆った指の隙間から、せつなく輝く涙の雫が、じわり、じわじわと滲みだしてくる。

「あの、俺……何かした？」

身も世もなく泣きむせぶ年若い人妻に、大崎は狼狽した。乳房を揉む手に漲（みなぎ）っていた卑猥な力が、揮発するように雲散霧消していく。

「ち、違うんです……違うんです！」

すると百花は嗚咽しながら、激しく左右にかぶりを振った。そんな彼女の動きのせいで、涙の雫が糸を引いて右へ左へと飛び散っていく。

「ごめんなさい……自分から大崎さんを求めておいて」

「百花さん……」

「でも……本当にこんなことになってしまったら……やっぱり怖くて……夫にも悪いって思ってしまって……」

「あっ……」

百花の思いを耳にした大崎は後悔した。いくら求められたからといって、やはり性急にこんな行為に及んでしまってはいけなかったのだ。

もう少し、時間をかけて彼女の本音を引き出す努力をしなくてはならなかったのではあるまいか。

（……ここまでだな）

淫らな疼きを放っていたペニスも、一気に力を失い始めるのが分かった。

いくら欲望のスイッチが入ってしまったとはいえ、こうした状態の若妻をそれでも犯せるほど大崎は野獣ではない。

「ご、ごめんね……俺も悪かった……」

なおも両手で顔を覆って、えぐえぐとしゃくり上げている。

そんな百花に、大崎は罪悪感とともに謝罪した。身体を離して起き上がり、毛布でもかけてやろうとする。

「あ……謝らないでください！」

大崎は驚いた。彼の後を追うように、突然百花が顔から手を放し、弾かれたように起き上がる。立ち上がろうとした大崎に「あーん」と泣きながら両手を広げ、子供のように抱きついた。

「——ううっ!?　も、百花さん……」

「ごめんなさい。ごめんなさい、ごめんなさい。大崎さんに抱かれたいって思ったのは嘘じゃないの。本当にそう思いました。本当です。でも……実際にこんなことになってしまうと……」

「いいんだよ。こっちこそごめん。大丈夫、大丈夫」

むしゃぶりついたまま慟哭し、何度も盛んに謝ってくる。

大崎は百花に胸を締めつけられ、優しく抱き返すと、いい子いい子と、何度も美しい髪を梳(す)いた。

5

「大崎さん……」

「今日のことは、なかったことにしよう。ね？　百花さん、旦那さんを裏切ってないよ。ちゃんとこうして、ギリギリのところで貞操を守ろうとしたんだし。ちっとも裏切ってなんかいない」

「……恥をかかせました、大崎さんに。せっかくその気になってくれたのに」

愛らしくしゃくり上げながら、百花は大崎を慮（おもんぱか）る。しかし大崎は、かぶりを振って彼女に言った。

「いいんだ、そんなこと。忘れよう、お互いに。ね？　俺たちは、何もなかった。そうでしょ？　これからも、今まで通りいい友だちとして――」

「できません、そんなこと」

「……えっ？」

百花は激しくかぶりを振った。

ようやく顔を上げ、涙に濡れた瞳で大崎を見る。

真っ赤に火照った表情は震えがくるほどセクシーだった。その上不意を衝かれるほど、無垢で可憐で冒しがたい
「も、百花さん……？」

「恥なんてかかせられません、大崎さんに。だって大崎さんは私のために……それなのに私は……私は――！」

「あっ……」

大崎は、思わず声を上げた。百花がとんと彼を押し、布団の上に腰砕けにさせたのだ。

「百花さん!?」

「下手くそです。多分夫も、私がこんなだからダメなんだと思います」

「……はあ!?」

「でも、お願い。一生懸命やります。だからどうか気持ちよくなって……今の私のせめてもの気持ち……大崎さん、大好きです。でも、今の私にはこんなことしか――!?」

「あぁ……？」

百花は思いも寄らない大胆さで、大崎に足を開かせた。小動物のような身ごなしで、股の間に陣取ってくる。

そしてすかさず、彼の股間に手を伸ばすや、

……ムギュウ。

「うおお、百花さん……」

「んあぁ、あ、熱い……！」

なよやかな指を、萎びそうになっていた男根に巻きつけた。百花の白く細い指は熱を帯び、しかもじっとりと湿っている。

「はうう、大崎さん……こうですよね？　こういうのがいいんですよね？」

「うおっ……」

百花は大崎に確かめながら、いよいよしこしこと萎えかけた怒張をしごき始めた。目の縁に涙を溜めながら一心に、何とか彼を悦ばせようと卑猥な奉仕に集中する。

「ああ、百花さん……うお、おおお……」

「はぁはぁ……はぁはぁはぁ⁉　大崎さん、感じてください、お願い……」

柳眉を八の字にたわめつつ、上へ下へと若妻は白い指を動かした。

大崎の勃起はそんな細指に擦過され、再び卑しい淫力をどす黒い幹に満たしていく。

(百花さん……)

たしかに百花が自己申告する通り、テクニック的にはぎこちなさの残る拙い手コキであった。

しかし技巧より、大崎を歓喜させるものがある。

百花の気持ちだ。その一途さだ。

何としてでも大崎のことを気持ちよくさせて恥をかかせまいとするその気遣いに、激しく燃え上がるものを感じる。

「あっ……アン、大崎さん……はうぅ、すごい……」

ぎくしゃくと手淫を続けながら、百花は目を見開いてペニスを見た。

「おっきいおち×ちんが……よけい大きく……いやン、こんなに……ふわっ、ふわあぁ……」

「おおお、百花さん……」

ムクムクと、怒張が再び完全に反り返っていく。疼く亀頭ははっきり言って先刻まで以上の感度である。

棹はもちろん鈴口も、雄々しくぷっくりと膨らみ直した。傘の部分を凶悪なまでに張り出させ、甘い疼きを放ち出す。

「はぁはぁ……嬉しい……感じてくれてるんですね？　嬉しい……ほんとに嬉しいです！」

「百花さん……」

「もっと感じてください。こうですか？　こうすれば、もっといいですか……んっ……」

……ピチャ。

「うおおっ！　ああ、感じる……！」

とうとう百花は指に続き、舌まで大崎に捧げ始めた。しこしこと怒張をしごきながら、突き出した舌でカリ首を一心不乱に舐めていく。

「ンハアァ、はあぁ……大崎さん、すごい……ち×ちん、いっぱいピクピクしてます……」

　百花は次第に、舐めることに夢中になり始めた。

　しごく手を止め棹の部分をマイクのように握ったまま、首を伸ばして疼く亀頭を、ペロペロ、ねろねろと舐めしゃぶる。

「おおお……ああ、き、気持ちいい……百花さん、気持ちいいよ……！」

　大崎は背筋を弓のようにしならせ、天を仰いで吐息を零した。

　感嘆の言葉は世辞などではない。とろけるような快感を、背筋に鳥肌を立てながら、猛る勃起に感じていた。

「ほ、ほんとですか？　ああ、嬉しい……！　出してください、大崎さん。出したくなってください！　私が受け止めます……全部全部受け止めます！　だから……だから――」

「――うおっ⁉」

　大崎はビクンと裸身を震わせる。繰り出す舌だけでは収まらず、ついに百花は口中に丸ごと陰茎をからめとった。

「むんぅ……」

「だ、大丈夫⁉　ああ、温かい……気持ちいいよ、百花さん！」

「大崎さん……大崎さん！　んっんっ……」

……ぢゅぽぢゅぽ。ピチャ、ぢゅぽ。

「うおおっ！　おおおおおっ！」

先日淫らな啄木鳥を、この目でしっかりと見たばかりだったところが今日は色っぽい熟女ではなくウブな新妻が、ハレンチで可愛い啄木鳥になってくれる。

眉間にセクシーな皺を寄せ、苦しそうな、困ったような顔つきになって前へ後ろへと小顔を振った。

「むぅン、ンムゥゥ、んっんっんっ……」

そうした百花の動きに合わせ、ヌメヌメして温かな肉の筒がピストンしながら大崎の肉傘と棹を擦過する。

しかも、気持ちがいいのは口の裏側の粘膜だけではなかった。百花は舌まで動員し、痺れる亀頭をピチャピチャと休むことなく舐めしゃぶる。

（ああ、最高だ！）

大崎は今にもとろけてしまいそうになり、はしたない快感にうっとりと酔いしれた。

ざらつく舌先が鈴口に食いこみ、ねろん、ねろんと擦過する。そのたびピンクの電撃が、火花を散らして亀頭から弾けた。

悪いと思いはするものの、我慢できずにカウパーを尿口から漏らして百花の口中をドロリと穢(けが)す。

「んっんっ、大崎さん。むはぁぁ、んむぅンン」

小さな口で頬張るには、怒張はいささか大きすぎた。百花の口は限界以上に開ききり、可憐な美貌が二目(ふため)と見られぬ不様な表情になっている。

だが、そんな眺めも大崎は嬉しかった。

よけいに昂ぶり、ペニスが痺れた。

自分のためにせっかくの美貌を、こんなにも歪めて悦ばせようとしてくれているのだ。

あまりの可愛さに胸が締めつけられる。淫らな衝動が過敏さを増した。

「くおっ、くおぉぉ……!?」

奥歯をグッと噛みしめた。額の髪の生え際にぶわっと汗の玉が噴く。ついにペニスがジンジンと、射精へのカウントダウンを始めだした。

……ぢゅぽ、ピチャ。んぢゅぴ、ぢゅぽぢゅぽ！

「ああ、は、激しい！　百花さん……最高だ。もう出る……精子出るよ⁉」

「んっんっ……出してください。いっぱい出して、大崎さん！　んんっ……」

上ずり気味のギブアップ宣言を聞き、百花の動きに拍車がかかった。しゃくる動きで顔を振る。粘膜による狭隘な筒が、盛んにペニスを舐めしごいた。同時に再び白い指が、ひくつく棹を擦り始める。

しこしこ……しこしこしこ！

「おおおっ……おおおおおっ⁉」

「んっんっんっ……んぢゅ、むふぅん……」

さらには舌も一段とくねった。爆発間近のカリ首を何度もしつこく舐め回し、大崎を完全に腑抜けにさせる。

「ああ、百花さん。出る！　もう出る！」

気づけば大崎は自らも、カクカクと腰をしゃくっていた。甘酸っぱい多幸感に身体が痺れ、口の中にもいっぱいに染み渡る。

濁流と化したザーメンが、陰嚢からペニスにせり上がった。轟々と音を立てながら、出口を求めて加速する。

（も、もうだめだ！）

「出して……いっぱい出して！　ハァァン、大崎さん！　んっんんっんっ！」

「おおお、出る！　出る出る出る！　うわあぁ！」

——どぴゅっ！　どぴゅどぴゅどぴゅ!!

「ンンンゥゥ……」

オルガスムスの電撃が、裸の大崎を貫いた。

その途端、彼はピタリと動きを止め、淫らな本能に煽られるがまま、百花の口内の奥深く、ググッと怒張をねじりこむ。

「ああ、百花さん……うお……おおお……」

「んンむぅ、お、大崎、さん……ムハアァ……」

ドクン、ドクンと極太が雄々しい脈動を繰り返した。そのたび灼熱の精弾が、音さえ立てそうな勢いで、若妻の喉奥に勢いよく撃ちこまれる。

「んはあぁ……す、すごい……こんなに、いっぱい……んんぅ……」

「おお、百花さん……すまない……ああ、いっぱい出る……」

「謝らないで……いいんです、出して……好きなだけ出してください……いやン、すごい……んんクゥ……ンはぁ……」

百花は眉間に皺を寄せながらも、大崎の怒張に吸いついたまま、彼の射精を受け止めた。

そうした新妻の必死に尽くす姿にも、改めて大崎は愛おしさを覚える。

(ありがとう、百花さん。おおお……)

思わず百花の髪を撫で、思いを無言で彼女に伝えた。

百花はギュッと両目を閉じる。なおも苦しげに呻きつつも、じっと耐えてはグルグルと艶めかしく喉を鳴らし続けた。

第三章　不倫妻との熱い夜

1

（せっかく、大崎さんと話せる機会だったのに）

スーパーに行くという大崎と別れ、一人家路を辿りながら、和歌子は力なくうつむいた。

思わず知らず、ため息が漏れる。ため息はとても重苦しい。

人の良さそうな笑顔を思い出すと、甘酸っぱい気持ちが胸から全身に広がった。心にいるのは亡夫だけのはずだったのに、いったいいつからこんなことになってしまったのであろう。

気がつくと、ほっこりとした温もりとともに、大崎が心に引っかかっていた。

一回りどころか二回りも年上の男性なのに、勉強会では視界の隅に、いつも大崎を意識していた。

まだ亡夫の三回忌すら終わっていないというのにである。

（私ったら、馬鹿みたい……しっかりしなさい、和歌子）

自己嫌悪すら覚えながら、和歌子は心中で自分を叱った。

大崎は真面目そうな紳士で、とても優しげでもある。

だが、だからといって、サークルで短い時間をともに過ごすだけの自分のような女が、こんな風に好感を抱いてよい相手ではなかった。

サークルのメンバーたちの間からは、「今でも亡き奥さんをずっと慕っているらしい」という噂話も漏れ伝わっている。

奥さんを亡くしてから、もう五年にもなるというのにである。

（立派だわ、大崎さん）

早世をしたことは、たしかに同情に値した。だがそれでも、大崎の奥さんは幸せな女性だと、やはり羨ましくもなる。

大崎に比べたら、私は何と不甲斐ない人間であろう。最後の最後まで自分を愛して死んでいった亡き夫が哀れにすらなる。

（ごめんなさい、あなた。きっと私……）

――寂しいの。

そんな言葉が形になりそうになり、和歌子は慌てて思いをかき消した。

若い身空で無念とともに旅立っていった夫を思えば、いまだにこうして生きている自分の寂しさなど、取るに足らないことのはずだ。

（大丈夫。大丈夫だからね）

優しく微笑むありし日の夫を思い出し、和歌子はそっと心で囁く。

夫を失った失意の日々の中で、彼の後を追って死のうとまで思いつめたあの頃の自分が鮮明に蘇った。

未亡人になってから、近づいてきた男性は一人や二人ではなかった。

夫の大学時代の友人、夫が会社勤めをしていた頃の仲のいい同僚。それらの中には、しっかりと奥さんがいるというのに、和歌子に不実な関係を求めてきた信じられない男性までいる。

しかし和歌子は、そうした何人もの男性からの求愛を、迷うことなく退けてきた。

自分なんかにはもったいないと思うような男性からのアプローチも引きも切らなかったが、どんな素敵な男性にも、彼女は心を動かされなかった。

それなのに――。

(似てるんだわ、どこか)

柔和に微笑む大崎と亡夫が、脳内でひとつに重なった。

年齢的にはたしかに大きな隔たりがあったが、醸しだす雰囲気や優しげな物腰、粗暴さとは無縁の知的な佇まいには、やはり二人はどこか似通ったものがある。

「生きなくっちゃ、がんばって。そうでしょ、あなた」

自らに言い聞かせるように呟き、和歌子は天を仰いだ。冬の夜空にはいつの間にか、たくさんの星々が瞬(またた)き始めている。

「綺麗……」

目を細め、思わず口元に笑みが漏れるのを自覚しながら、和歌子は夜空をしみじみと見上げた。

どの星も、それぞれの位置から動くことなく、自分の場所で強い光を放っている。

私の生き方も、それでいいのだ。

寂しくたって、孤独だって、あの星たちのように胸を張って輝きながら、ひっそりと一人で老いていけばいい。たとえ隣で輝いてくれていた、愛しい星が忽然（こつぜん）と消えてしまったとしてもである。

「今夜は、あり合わせのものですませよう……」

小声で呟きながら、住宅街の道から公園に入った。

このあたりでは有名な市民公園で、その敷地面積は意外に広い。

人工的な遊歩道や小川のせせらぎが綺麗に整備される中、子供たちが遊べる遊具コーナーの他、芝生の広場があったり、多目的広場やテニスコートがあったりと、住民たちのさまざまなニーズに応えられる憩いの場になっていた。

実はこの公園の中を抜けるのが、自宅への近道だった。

日が暮れてからの園内は一気に不気味さも増すものの、緑溢れる遊歩道のそこかしこにはＬＥＤの照明柱も明るい光を放っているため、決して真っ暗なわけではない。

いきなり背後から声をかけられたのは、園内に足を踏み入れてすぐにだった。快活な男性の声。だが、こんなところで気やすく声をかけてくる男の人に心当たりはない。

「和歌子先生」

（えっ）

思わず顔が強ばった。和歌子は後ろを振り返る。

「あ……」

思わずきょとんと目を見開いた。

手を振りながらこちらに駆け寄ってくるのは、飯塚である。

「い、飯塚さん。どうしたんですか、こんなところで」

走ってきた飯塚は、和歌子の前で立ち止まると白い歯を見せて陽気に笑った。

「先生、奇遇ですね。いや、実は私、すぐ近くに知人がいて、今そのお宅を失礼してきたところなんですよ」

乱れた息を整え、背後の方角を指さしながら飯塚は説明する。

「ああ、そうでしたか……」

和歌子は得心し、何度もうなずきながら笑顔を返した。

飯塚の自宅は、いつも勉強会で使うコミュニティセンターの近くのはずだった。電車で二駅ほども離れたこの地区にどうして彼がといぶかったが、知人がいるとなれば無理もない。

「じゃあ、駅にお戻りになる途中で私を？」

「そうなんです。『あれ。ひょっとして和歌子先生じゃないか』って、夜道だったんで確信は持てなかったんですけど、つい興味が湧いて呼び止めてしまいました。ごめんなさい」

「いえ、そんな……」

あははと快活に笑いながら謝罪をされ、和歌子は恐縮してかぶりを振った。

サークルの女性人気はとても高い男性だった。

だが和歌子は、飯塚の明るさが実は苦手だ。

明るさは、ギラギラしたものと暗さとのコインの裏表。太陽のような、といえば聞こえはいいが、正直いささか暑苦しい。

太陽よりも月が好きだった。星が好きだった。

そうか、夫も大崎も月や星のような男性なのかと、飯塚と話をしながらぼんやりと思う。

「そうそう。そう言えば、今別れてきた知人……ご夫婦なんですがね、彼らから面白い話を聞いたんですよ」

すると飯塚は少年のように無邪気な笑顔になって、嬉々とした様子で言った。

「えっ？」

「ちょっといいですか、和歌子先生。先生も、びっくりされますよ、きっと」

飯塚はそう言うや、いきなりスタスタと歩き始めた。

「……？　飯塚さん……」

「こっちです。こっちこっち。えーっと、多分このあたりだと思うんだけど」

振り向いた飯塚は和歌子を手招きし、遊歩道からはずれて木立の中に分け入っていく。

広大な公園は、鬱蒼とした森の木立にぐるりと周囲を囲まれていた。

手つかずの自然が残る周縁部もまた、この公園の大きな魅力。だがさすがに、この時刻だとそうも言ってはいられない。

「い、飯塚さん。どうしてそんな方へ」

「いや。こっちで間違いないはずなんです。平気ですよ、先生。ほら、私が一緒ですから」

うろたえる和歌子に苦笑した。

飯塚はこちらに戻り、彼女の手を握ろうとする。しかし和歌子はかぶりを振った。その必要はないと、無言の内に飯塚に伝える。

「そうですか。さあ、こっちです」

飯塚は屈託なく笑い、再び木立の中を森の奥へと歩き始めた。

あまりに急な展開に、和歌子はわけが分からない。

だが、「私、結構です」などと言って、この場を去ることは憚（はばか）られた。少なくとも自分は、そんなことができる女性ではない。たしかに性急には思えるものの、飯塚には飯塚の考えがあってのことだ。

「先生、さあ」

森の奥から、飯塚の声が和歌子に届いた。

「うっ。は、はい」

しかたなく、和歌子は飯塚に従うことにした。森の暗さを不気味に思う気持ちはあるが、サークルの代表として、笑われるような真似はできない。

和歌子は大きく深呼吸をした。遊歩道から、森へと足を踏み入れる。

そんな彼女を見届けて、さらに奥へと、飯塚は歩きだした。

2

（ククク、来た来た。付いて来たぞ！）

漆黒の闇を味方につけ、飯塚はニンマリとほくそ笑んだ。

堪えきれずに股間では、ペニスがジンジンと疼きを増す。早くも雄々しくいきり勃ち、デニムの股間部を破れんばかりに突き上げる。

どうにも我慢ができなくなり、会社もサボって和歌子を訪ねてきたのであった。

しかし自宅に行ってみるも、あいにく不在で待てど暮らせど帰ってこない。

空振りのまま帰るのもシャクで、駅と自宅とを何度も往復した。

駅に向かうには、この公園を利用する方が便利だと気づいたのは、行ったり来たりを繰り返した中での、何度目かのことだった。

和歌子が公園を利用するのかしないのかは、当然ながら分からなかった。

だが、園内をチェックしておいてよかったと、心から飯塚は思った。

何しろ、ようやく帰ってきた和歌子をすぐに引きずりこめる、おあつらえ向きの舞台を見つけることができたのだから。

「飯塚さん……あの……」

「ああ、先生、ここです」

和歌子はおそるおそるという感じだった。深い闇と足元に怯（おび）えつつ、言われるがまま、飯塚の元に寄ってくる。

闇はどこまでも深く濃かった。

だが飯塚は、すでに暗闇に目が慣れてきている。こんな漆黒の中ですら、愛しい女の魅惑の肉体が、くっきりはっきりと見て取れた。

甘ったるく上品な、和歌子のアロマもいつも以上に強く感じる。

（ああ、和歌子……和歌子！）

「先生、この大きな木……何だかご存じですか」

股間をもっこりと膨らませながら、飯塚は目の前の大樹を指で示した。

二人の前にはゴツゴツと幹の太い、見事な大木が夜空に向かって伸びている。

「……えっ？　この木、ですか」

和歌子は狐につままれたような顔つきだった。眉を顰めて大樹を見上げる。闇の中でキラキラと美麗な瞳が輝いた。

(た、たまんねえ！)

暗がりの中で目にする和歌子は、震いつきたくなるセクシーさだ。

飯塚はぐびっと唾を飲みこんで、もう一度聞く。

「そう、この木です。驚きですよ。何だか分かります」

「さあ……そう言われても……」

「これはね」

戸惑った顔つきで困ったように笑う和歌子に、声を低めて飯塚は言った。

「俺たちが乳繰りあうためのベッドみたいなもんさ」

「……えっ？」

「ああ、たまんねえよ、和歌子！」

「きゃあああ」

ギョッとする和歌子に、後ずさる隙さえ与えなかった。飯塚は未亡人にむしゃぶりつくや、くるりと身体を反転させ、彼女を木の幹に押しつける。

「飯塚さん⁉」

「もう我慢できねえ。好きなんだ、和歌子。あんたが欲しかった」

「えっ、ええっ？」

「なあ、あんただって、ほんとは寂しいんだろ。だってもう二年も……男にこんなことされてねえんだろ⁉」

「ひゃあああ」

暴れる和歌子に有無を言わせず、その背を木の幹に圧迫した。

未亡人のダウンジャケットの前を開く。

ざっくりと暖かそうなセーター越しに、たわわな乳房を両手に掴んだ。

「ひいい、ちょ……な、何をするんですか、飯塚さん⁉」

「おお、柔らけえ。ああ、和歌子のチチだ……チ、チチだ！　やっぱりでけえ。ああ、ゾクゾクする！」

「ひいいぃ」

鷲掴みにした豊乳は、生々しい温かさと期待以上の柔らかさ、ダイナミックなボリューム感に満ちていた。

飯塚はたまらず鼻息を荒げる。自分の体重で和歌子の抵抗を封じつつ、もにゅもにゅ、もにゅもにゅと憧れの巨乳を揉みしだく。

「ああ、いやッ……何をするの!?　も、揉まないで……ああ、誰か!」

「騒ぐな、ごるぅあ!」

闇夜に和歌子の引きつった声が轟いた。慌てた飯塚は乳房から片手を放し、和歌子の口元を抑えつける。

「んむゥン……!?　むぐうぅ……!」

「ああ、柔らけえ……!　なあ、こんな風に男にチチを揉まれるのは、旦那が死んでから初めてだろう?　ほんとはあんただって嬉しいんじゃねえか?　実は一人で乳を揉みながら、ずっとこそこそオナニーし続けてきたんだろ?」

飯塚は和歌子の口元を力任せにグイグイと押した。ねちっこい手つきで片房を揉みしだき、せり上げ、強く掴んで握りつぶす。

「むぐぅ、は、放して……ンムゥ……誰か……誰か――」

そんな中年男の乱暴な責めに、和歌子は必死に抵抗した。しかし、

「やかましいって言ってんだ」

飯塚の声に怒気が籠もる。ジーンズのポケットからハンカチを取り出した。

それを素早く丸めると、暴れる和歌子の口中に、荒々しい挙措でねじりこむ。

「やっ、ちょ、ちょっと!?　むぐっ、むぐぅぅ……」

「へへ、これでまた両手で揉めるぜ。おお、和歌子！」

「――んんぐうぅ!?」

未亡人の小さな口にハンカチを突っこんだ飯塚は、和歌子のセーターの裾を掴み、鎖骨（さこつ）のあたりまで一気にずりあげる。

――ブルルルルン！

「ムンンンンッ！」

「おお、出た出た！　エロいブラしてんじゃねえかよ、和歌子！　おお、チチがこんなにブルブル揺れて……」

「ンンゥウ！　ンンンゥゥ!?」

ブラジャーを露出させられた和歌子は、力の限り抵抗しようとした。

だがそんな風に暴れれば暴れるほど、さらに飯塚は欲情し、ますます鼻息を荒くする。

たわわな乳房を包みこんでいたのは、白いレースのブラジャーだった。

大きなカップが締め上げるように、豊満な胸乳(むなぢ)に密着している。

和歌子が激しく暴れるたび、小玉スイカのような巨乳が派手に肉実を躍らせた。道連れにされたブラカップが、乾いた音を立てて上下に揺れる。

「ンムゥウン!?　ンンンンッ！」

「くー、たまんねっ！　ああ、胸の谷間から甘ったるいいい匂いもする！　おい、和歌子、乳首見せろよ。全部見せろ！　なあ、ここでこの俺に、乳首もマ×コも全部見せてくれよ！」

至近距離で誘うように躍る見事な乳果実に、飯塚はもう堪えがきかなかった。

グイグイと体重を乗せて未亡人を圧迫しつつ、彼女の太腿に股間を擦りつける。

デニムの生地越しではあるものの、和歌子はいきり勃つペニスの感触に気づいたらしく、

「ングゥ⁉　ググググゥ！」

ますます激しく抗って、飯塚の拘束からぜがひでも逃れようとする。

「おら、暴れんなっての！　さあ、見せろよ、乳首をよ！　デカパイも全部見せるんだ。ああ、和歌子、好きなんだ。好きなんだよ、和歌子！」

飯塚はそんな和歌子を強制的に抑えつけた。

いやがる未亡人をものともせず、ブラカップの下部分に指をかける。

今度は白いブラジャーを、顎の下まで引き上げようとした。

「ンンンッ！　ンンンンンッ⁉」

和歌子は暴れた。

見開かれた瞳が、眼窩(がんか)から零れそうなほどになっている。

乱れた吐息が盛んに漏れた。形のいい小鼻がヒクヒクと開閉し、いやがって振りたくられる黒髪が、波打つ動きで派手に乱れる。

「ほら、見せろ。見せろよ、和歌子！」

「ンムグゥ！」

「見せろ。見せろって――」

「何をしているの！」

そのときだった。

突然闇の中に、怒りに震える女性の声が響く。

飯塚が動きを止めた。和歌子もだった。

驚いた飯塚は、慌てて声のした方を見る。

「あっ……！」

思わず目を剥き、息を飲む。

「んんぐううぅ!?」

一度は止まった和歌子の動きが、再び激しくなり始めた。

そこにいたのは、弥生だった。

弥生は怒りに震えていた。

わなわなと熟れた女体を痙攣させ、鬼神の形相で飯塚を睨んだ。

3

「もう着いただろうな、百花さん……」

手早く食事を終え、台所の片付けを済ませた大崎は、ぼそりと呟いた。

身繕(みづくろ)いを整えた百花が、「本当にすみませんでした」と何度も頭を下げて出ていってから、そろそろ一時間になる。

彼女の家とは、徒歩で十五分ほどの距離だった。

今頃は家で一息つき、シャワーでも浴び始めているかも知れない。

「それにしても、可愛かったな……」

つい先ほどまで、そこの客間で繰り広げていた若妻との情交を思い出し、ムズムズするような気持ちになった。

よその女にうつつを抜かす夫への当てつけめいた軽い気持ちで誘ってきたのだろう。

しかしいざ、実際にことが始まってみると、やはり百花はことの重大さに、今さらのように恐怖したのに違いなかった。

そんなウブで愛らしい百花が、可愛くてたまらなくなっていた。

しかも彼女はお詫びだと言って、恥じらいながらも一心に、淫らな夜の啄木鳥にまでなってくれたのである。

だがそんな幸せな思い出も、今夜限りにしなければならない。

明日からは、まったく何もなかったことにしてやり直そうと、百花とは固く約束をしていた。

「風呂にでも入るか」

熱い湯を浴び、煩悩を洗い流したい気分だった。

ついでに酒でも飲まないことには、そう簡単には寝つけない気分でもある。

「……えっ？」

大崎がきょとんとしたのは、そんなときだった。

玄関でチャイムが鳴ったのである。

大崎の家は、訪ねてくる人とてたいしていない、ひっそりとした環境だった。

しかもとっくに、誰かの家を気やすく訪問してもよいような時間帯ではなくなっている。

怪訝に思いながらも、玄関に急いだ。誰かが宅配便でも送ってきたという可能性もある。

サンダルを履いて三和土に降りた。

すでにドアには鍵をかけている。

大崎は鍵を急いで外し、引き戸を横に滑らせた。

「あっ」

「大崎さん！」

驚いて絶句した。

泣きそうな声で彼を呼び、その胸に飛びこんできたのは、

「も、百花さん」

ついさっき別れたばかりの若妻だ。

「ごめんなさい。何度もほんとにごめんなさい。でも……でも!?」

百花は声を上ずらせ、訴えるように言う。

死んでも離れないとでもいうかのようだった。必死に大崎にしがみつく愛く

るしい姿は、まるで十代の娘のようでもある。

「や、やっぱり……帰りたくないんです」

「百花さん」

「もう少しいさせて。帰りたくない。帰りたくない」

駄々っ子のように身体を揺さぶり、百花は大崎を見上げた。

なんと、本当に泣き出しているではないか。大きな瞳からボロボロと、煌めく宝石さながらの透明な雫を溢れさせている。

「あの人……今夜は帰り、お、遅いんです……」

「百花さん……」

「今頃、ホテルで愛しあってます。絶対そうなんです。そう思ったら、やっぱり私……悲しくって、つらくって……一人ぼっちの家になんか、どうしたって帰りたくなくて――」

「ああ、百花さん！　百花さん！」

分かった、分かったからと、言いたい気持ちを力にこめた。両手で百花を掻き抱き、痛いぐらいに無骨な腕を、細い背中に食いこませる。

「あああ……」

「いいんだね？　後悔しないね？」

こうなってしまっては、もはや大崎も限界だった。

抱きすくめた百花は、身体の表面こそ冷たいものの、華奢な身体は内側に、驚くほどの熱を持っている。

「だ、抱いてください……！」

百花は何度もうんうんとうなずき、可憐な泣き顔で訴えた。

「和歌子先生のこと……今夜だけ忘れて、大崎さん……」

「おおお……」

可愛くねだる新妻に、父性本能を刺激された。

だが刺激されたのは父性本能だけではない。気づけば大崎の一物は、ジャージのズボンを突き上げて百花の下腹部にまで食いこんでいた。

というか——。

(俺が和歌子先生を意識してるってこと……そんなに丸分かりなのか⁉)

だがまあ、それはいいとしよう。「今夜だけは忘れて」と百花も言っているではないか。

今はただ、この人のことだけを考えよう。この人との時間に溺れよう。

大崎は改めてそう思い、さらに強く、愛しさとともに、可憐な新妻を力の限り抱きしめた。

4

「百花さん……」

「大崎さん……大崎さん……ハァアン……」

大崎が百花を押し倒したのは、最前の客間だった。乱れた布団は先刻の名残とともに、畳に敷かれたままである。

もはや言葉は必要なかった。百花の思いは、胸が痛むほど分かっている。

仰向けにした若妻の肢体から、再び衣服を剥ぎ取った。

ピンクのブラジャーにピンクのパンティ。

あどけない美貌をしているが、こうして半裸に剥いてみると、やはりスタイルのよさにため息が出る。

特に、えぐれるようにくびれた細い腰と、日本人離れした長い美脚に、大崎の視線は吸いついた。

スレンダーでありながら、胸だけはボリューム感たっぷりに盛り上がる眺めにも、息詰まるほどのエロスがある。

心の余裕は、もう大崎にもなかった。

百花の胸からブラジャーを取ると、パンティの縁に指をかける。

「はうう……」

百花は恥じらい、いたたまれなさそうにしながらも、大崎に協力するように、そっと布団から尻を浮かせた。

「おお、百花さん……」

……ズルッ。

(うおおおおっ!)

「あぁぁん……は、恥ずかしい……」

新妻の股間からパンティをずり下ろした。

大崎は、目の当たりにできた秘丘の眺めに、心で歓喜の叫び声を上げる。ふっくらと膨らむヴィーナスの丘には、意外なほど大量の縮れ毛がもっさりと生えていた。

俗に言う、剛毛という奴だ。

ウブな百花は秘毛の処理すら自分でしたことがないのだろう。

自然のまま、豪快に毛先をそそけ立たせるマングローブの森の眺めに、大崎はますますいきり勃ち、股間の肉柱をビクン、ビクンと脈打たせた。

「あうう、そ、そんなに見ないで、大崎さん。恥ずかしい……」

ねちっこい視線で見つめられ、百花はたまらず身をよじろうとした。

だがこうなったら、もう許すものかと大崎は思う。

恥じらわせるのだ。もっともっと可愛い顔を真っ赤にさせるのだ。

自分の息子よりまだ年下の若い女性を、恥じらいと悦びの虜にさせてやる。

「だめだよ、もっと見ちゃうんだ、百花さん」

「えっ……きゃっ⁉」

口調は優しかったが、下卑(げび)た野性がどうしても滲んだ。

大崎は、キュッと締まった細い足首を掴むと、二十四歳の新妻を大胆極まりないガニ股にさせる。

「きゃああ。い、いや、大崎さん……こんなかっこ、は、恥ずかしい！」

まさかそのような格好を強要されるとは、夢にも思わなかったのだろう。百花はパニック気味に暴れ、必死に両足を閉じようとする。

しかし大崎は、

「おおお、百花さん……み、見えたよ。百花さんの一番恥ずかしい部分。ああ……すごくいやらしい！」

「きゃあああ」

左右に開かせた白い内腿に、十本の指をギリギリと食いこませた。指と指の間から、くびり出された白い肉が、張りつめながら盛り上がる。

「いや、放して……放して、大崎さん。いやいやいやあ」

「百花さん……」

そうやって牡の力で抵抗を封じつつ、眼下に晒された若妻の羞恥の淫唇に視線を釘付けにした。

おおらかに生え茂る秘毛の下に、艶めかしい牝の花が咲いていた。ブリの切り身を彷彿(ほうふつ)させる、生々しい色合いのワレメだった。ぱっくりと開いた膣粘膜は、妖艶なてかりでさらに大崎を欲情させる。

肉割れの一番下では膣穴が、見られることを恥じらうように、ヒクン、ヒクンと窄まっては弛緩した。

クリトリスはまだ半勃ちのようだ。肉の莢(さや)から頭の部分だけ飛び出させ、それもまた淫靡にてからせている。

「ひいい。い、いや……大崎さん、恥ずかしい。見ないで……そんなに見ないでぇぇ！」

「おおお、百花さん。んっ……」

「アハアアァ」

いやがる百花に有無を言わせず、ついに大崎は、エロチックな裂け目にむしゃぶりついた。

「ああん、お、大崎さあああん」

「可愛いよ、百花さん。こんな可愛くていやらしい百花さんを見てしまったら、もう俺……んっんっ……」

……ねろねろ、ねろン。

「ンハアアァ。はぁぁん、大崎さん……大崎さん。んあああぁ」

口から舌を飛び出させ、大崎は百花の肉割れを舐めた。

すでに淫らな発情を始めていたらしい百花は、そうした大崎のねちっこいクンニに不随意に女体を痙攣させ、布団からヒップを何度も浮き上がらせる。

「ハアァァン、大崎さん……いやン、いやンいやン……はっあぁぁ……」

「はぁはぁ……百花さん……百花さん！」

股の付け根に吸いつく大崎を、押しのけようとでもしているかのようだった。

百花は両手を突っ張らせ、白いものの混じった大崎の頭髪に指先を埋めて、何度も盛んにグイグイと押す。

「ああ、感激だよ、百花さん。俺みたいなじいさんが、百花さんみたいに可愛い奥さんの……オ、オマ×コをこんな風に舐められるなんて」

少し迷ったが、あえて下品な言葉で刺激してみることにした。こんなときにスケベになれないで、いったいいつスケベになるというのだ。

「ああ、うあああ、そ、そんなエッチな言葉使わないで……あっあっ、はあァ、大崎さん、いやン、は、恥ずかしい……あっあっあっ……」

「おお、百花さんのマ×コがヒクヒクいってる。ああ、すごくいやらしい」

「そ、そんなこと言っちゃいや。いやいやいやいやあ」

「んっんっんっ……」

「んああ。あああああ」

舌によるダイレクトな触発に、言葉の責めによる刺激が加わった。

大崎の繰り出す淫らなW攻撃に、百花はいちだんと取り乱し、彼女とも思えない声を上げる。

大崎は、いつもと違った素顔を見せる濡れ場の女が好きだった。

そうか、ベッドではこんな風になるのかと昂ぶりながらふだんの姿を思い出すと、激しいギャップに鳥肌が立ち、ペニスがジンジンと妖しく痺れる。

そんな大崎にとっては、百花もまた、弥生と同様かなり興奮度が高い。

「おお、スケベなマ×コ。気持ちいいんだね、百花さん。私が舌で舐めるたび、こんなにエッチにひくついて」

ゾクゾクと背筋に鳥肌を立てつつ、大崎は百花を責め立てた。

無理矢理なガニ股をなおも強要し、柔らかな内腿に指を食いこませる。卑猥に喘ぐ汁まみれの肉苑に、めったやたらに舌を擦りつけては跳ね上げる。

「はあぁん、あっあっ……あっはぁ……意地悪……大崎さんの意地悪ンン……あぁン、だめぇ、大崎さんの舌が……いっぱいアソコに……フッハアァ……」

百花はなおもビクビクと、盛んに肢体を痙攣させた。

いやがっているのか気持ちがよいのか、すぐには分からない激しい動き。浮かせたヒップをプリプリと、右へ左へと振りたくる。

「いやン、いやンいやン。ハァアン、そんなに舐めないで……あっあっあっ」

「気持ちいい、百花さん？　ねえ、気持ちいい？　んっんっ……」

大崎は聞いた。

ぜがひでも、百花の朱唇からいやらしい言葉をもぎ取りたかった。

「ヒイィン、意地悪……大崎さんの意地悪、意地悪……アッハアァ……」

「ねえ、言って。気持ちいい？　んっんっんっ」

……ピチャピチャ。ねろねろ、ピチャ。

「あああ。ああああああ」

「百花さん！」

「うあああ。き、気持ちいい！　大崎さん、気持ちいいの！　いやン、恥ずかしいけど感じちゃう！　感じちゃうのォ！　はあぁぁ……」

「おおお、百花さん！」

とうとう百花は大崎に負け、淫らな言葉を口にした。

（――うおっ⁉）

認めたことで一段と、はしたない感覚に拍車がかかったのか。

さらにクンニを続けながら、大崎は見た。ひくつく花唇が蠕動し、子宮へと続く小さな穴が、盛んに開口と収縮を繰り返している。

……ブチュ。ブチュブチュ。

「ひいいい」

妖艶な肉穴は、下品で濃密な粘り汁を音を立てて溢れさせた。

「おお、で、出てきた……！　百花さん、分かるかい。百花さんのいやらしい穴から、エッチな汁がこんなにも……」

堪えきれずに百花が分泌した愛蜜は、ドロドロに粘っていた。

ところどころが白濁し、百花の官能がＭＡＸへと盛り上がってきていることを雄弁に伝える。

「ヒイィン、い、いや……恥ずかしい……！　いやあ、見ないで、大崎さん。いつもはこんなじゃないの……私ほんとに、いつもはこんな──」

「ああ、百花さん！　むんぅ……」

百花を呼ぶ声は不様に上ずり、跳ね上がった。

大崎は、猪口（ちょこ）から溢れだす日本酒でも啜ろうとするような口の形になる。吸わないことには命にも関わるとでも言わんばかりに、ふるいつくように改めて肉ビラの狭間（はざま）にヌチョリと口を突き刺した。

「ハッヒイィン」

「おお、百花さん……！」

……ちゅうちゅう。ぢゅるる。

「ンッアァァ。ああ、そんな……そんなあああ」

……ぢゅるぢゅる。ちゅうちゅう、ぢゅるぢゅる。

なった。

「うあああ。あああああああ」

膣穴から溢れ出す卑猥な牝涎を啜り立てると、百花は一段と我を忘れた獣に
ガニ股に拘束された裸身を盛んに跳ね躍らせる。

吸えば吸うほどブチュブチュと、さらなる愛液を分泌させた。

漏れ出す蜜は、甘酸っぱさいっぱいの果実臭だ。溢れる量に比例して、どんどん匂いもきつくなる。

「いやン、か、感じちゃう。大崎さん、イッちゃう。そんなにしたらイッちゃう。イッちゃう、イッちゃう。あああああ」

「イッて、百花さん。遠慮しないでイキなさい。そら。そらそらそら」

「うああ、だめえええっ！　ああ、イクン！　あああああっ!!」

……ビクン、ビクン。

「おおお……？」

ついに百花は官能の絶頂へと突き抜けた。

百万ボルトの電流が流れる電極でも押しつけられたかのように、派手に裸身

を痙攣させ、オルガスムスの悦びに浸る。

「おお、百花さん……」

大崎は、そんな百花のエロチックな姿をたっぷりと鑑賞した。

すでにガニ股の辱めからは、両脚を解放してやっている。百花は両膝を立てたまま、痙攣のたびに尻を浮かせた。

その都度力が入るのか。丸出しにした膣穴から、ピュッ、ピュピュッと断続的に濃厚な愛蜜を飛び散らせた。

5

「はぁはぁ……はぁはぁはぁ……!?　はうぅ、大崎さん……」

「最高だよ、百花さん。でも……ほんとに気持ちいいのは、これからだ」

百花の絶頂痙攣は、長いことなかなか収束しなかった。

ようやく若妻が人心地つくと、いよいよ大崎の出番である。

アクメの電撃に昂揚し、百花の美肌は薄桃色に染まっていた。寒くないように点けていた暖房も、今となっては暑すぎる。

大崎は手早く全裸になった。

股間の猛りはビンビンと、年甲斐もなくいきり勃って震えている。

「あはあぁ……」

ぐったりと投げ出された若妻の両脚を広げさせた。大崎は自分の居場所を確保して、ゆっくりと百花に覆い被さる。

若妻の裸身は、温かかった。汗でじっとりと湿っていた。

胸までしっかりと密着させると、ガチガチに痼った二つの乳首が、炭火のような熱さとともに大崎の胸板に食いこんでくる。右の胸にはトクトクと、激しく鼓動する百花の心音も、大崎はリアルに感じていた。

「い、挿れるよ……挿れてもいいね?」

……ニチャ。

股間の勃起を手に取って、亀頭でラビアを掻き分けた。疼くカリ首でヌチョヌチョと、膣のとば口を擦過する。

「ハアァン……あっあっ、はあぁ……い、挿れて……大崎さん、挿れて……」

百花はまだ、夢から覚めてはいなかった。うっとりととろけきった表情になって、大崎を見上げてくる。

愛くるしい小顔は、熱でも出たようにぼうっとしていた。

瞳が潤んでとろんとしている。

ぽってりと肉厚な唇は呆けたように弛緩し、口の端からは涎が垂れていた。

「おお、百花さん！」

大崎はググッと膣穴に亀頭を押しつけた。目顔で百花にもう一度意志を伝えると、全裸の人妻は、両手を広げて彼を抱きしめる。

（あああ……）

「挿れて……来て、大崎さん！　こ、今夜だけ私を大崎さんのものにして……大崎さんの女にして！」

「うおお、も、百花さん！　百花さん！　うおおおおっ！」

……にゅるん。

「ハアアァアン」

「うおっ……ああ、こ、これは……キ……キツいっ！」

一気に腰を前へと突き出した。

百花のとろけた淫肉が亀頭の形に開口し、飛びこんできた牡棹をもてなす動きで蠢動（しゅんどう）する。

全方向からぬめり肉が、吸いつくように密着した。

気を抜けば、あまりの窮屈さとヌルヌル加減に負け、すぐにも暴発してしまいそうだ。

（うおっ、うおおっ……？）

窄まりたがる胎肉を、ミチミチと無理矢理割り広げた。大崎はペニスを前進させ、奥へ、奥へと埋めていく。

「はうぅぅ……あっ、あっはあぁ……いやン、すごい……こんな、奥まで……ハアアァ……」

「おおお、百花、さん……あああ……」

やがて大崎のバズーカ砲は、百花の膣肉深くまで達した。

行く手を遮（さえぎ）るかのように亀頭をあだっぽく押し返すのは、ぬめりにぬめった柔らかな子宮口だ。

「は……入っちゃった……大崎さんの、おち×ちん……」

汗ばむ両手で、愛おしげに大崎を抱きすくめた。複雑な感情を滲ませた声で、そっと百花は耳元で囁く。

「百花さん……」

「もうこれで、夫とはお互い様。あの人のこと……文句言ったりできないですね……」

「ああ、百花さん！」

「ひはっ」

……ぐぢゅる。ぬぢゅる。

「アハアァン、お、大崎さん。あっあっ、ハアアアァン」

ついに大崎は腰をしゃくり、ぬめる新妻の牝園で、グチョグチョとペニスを抜き差しし始めた。

百花の牝あけびは、やはり相当に初々しい。淫らに蕩けてはいるものの、膣襞はどこか生硬だ。

「ううっ、百花さん……」

「あぁん、大崎さん。あっあっ、ハアァァ……」

だがそれも無理はない。何しろ三十四歳も年下の女性なのだ。しかも、一年前に結婚したばかりの女性である。

そんな新妻の膣穴に、ペニスを突っこんで挿れたり出したりできている自分の境遇が信じられなかった。

心には和歌子がありながら、みずみずしさたっぷりの百花の肉体に、のめりこむように溺れていく不埒で欲深な自分がいる。

（そ、それにしてもこの狭さ。ううっ⁉）

おもねるように吸いついてくる淫壺に恍惚としつつも、同時に大崎は怒張をもてなす肉沼の感触に改めて慄然（りつぜん）とした。

百花の狭い牝洞は、肉棒を挿れる穴を間違えたのではないかと思うような窮屈さだった。そんな狭隘な肉筒の中で強引に怒張を抜き差しするのだから、耽美な摩擦感は半端ではない。

棹とカリ首が甘酸っぱさいっぱいに、ぬめる牝襞と擦れあった。ヌルヌルと滑る牝の胎路は、無数の凹凸がびっしりと敷き詰められている。

疼く肉傘がグチョグチュと、微細な隆起と戯れあった。

そのたび腰の抜けそうなエクスタシーが閃く。大崎はますます鼻息を荒げ、ひと抜きごと、ひと差しごとに、さらにピストンを雄々しくした。

「ヒッヒイィン。んっはあああぁ」

「うおっ、ああ、気持ちいい……百花さんのオマ×コ……凸凹が、亀頭と擦れ合って……」

「はあン、大崎さん……あっあっ、はあぁ、すごい……すごいンン！　奥まで来るの……おっきいち×ちんがすっごい奥まで……はぁあ、はぁぁぁ……」

相手の性器が自分に与えてくれる得も言われぬ快感に、大崎も百花も淫らに酔い痴れ、声を震わせて歓喜を伝えあった。

肉スリコギでゴリゴリと抉り、盛んに搔き回せば搔き回すほど、若妻の秘壺は品のない汁音をいっそう響かせる。

波打つ動きでいやらしく蠢動しては、痺れる極太をキュッと締めつける。再び解放したかと思うや、またもキュキュッと甘締めする。

「おお、た、たまんないよ、百花さん……ああ、百花さんのオマ×コが、こんなにスケベだったなんて……」

「ああアン……そ、そんなこと言わないで……！　わざとじゃないんです……あっあっあっ。アソコが勝手に……ハァァン、勝手にぃンン！」

「ああ、百花さん！　うおっ！　うおっ、うおっ、うおっ！」

「ヒイィン。ヒイイイィ」

鳥肌立たずにはいられない快美感に、大崎は一段と獰猛になった。還暦間近とも思えない怒濤の腰振りで疼く肉棹を暴れさせる。

行く手を遮る子宮口は、まるでつきたての餅のようだった。

そんな弾力に富んだ子宮の肉に、サディスティックな抉りこみでズンズン、ズズンと亀頭を浴びせる。

「ハアァァ！　ンッハアアアァ！　えっ、ええっ!?　ハアァァン、何これ……何これ、何これえぇぇ！」

すると、よがる百花にもさらに艶めかしい変化があった。

大崎が膣奥深くまで容赦(ようしゃ)なく、亀頭をグリグリとねじりこむたび、百花は驚いたように両目を見開き、

「アアァン！　あっあっあっ！　いやン、何これ！　アアン！　アアァン！」

ますます激しく取り乱す。繕うすべもない生々しい声で、子宮に感じる電撃を、うろたえた様子で伝えてくる。

「はぁはぁはぁ。感じるかい、百花さん。ポルチオで、いっぱい感じてる⁉」

「ポ、ポルチオ……これがポルチオ……ポルチオほほぉ！　あああああ」

いやらしく喘ぐ若妻に、してやったりという心境になった。

たぷたぷと揺れ躍る豊満なおっぱいを、両手でふにゅりとせり上げる。

汗ばんだ乳房もまた、大崎に吸いつくかのようだった。

淫靡な熱さもヌルヌル感も増している。

大崎は、ボリュームたっぷりの豊乳を、もにゅもにゅと揉みしだいた。痼る乳首を指で弾き、ポルチオめがけて肉弾頭をさらに容赦なく叩きこむ。

「ひいィン。あああ、気持ちいい！　いやン、こんなの初めて！　大崎さん、私こんなの初めてぇぇ！」

「うおお、百花さん……」

「おっぱいもアソコも感じちゃうの！　いっぱいいっぱい感じちゃう！　感じ

ちゃうンン！　ハアアァッ！」

百花の乳房は一段と張りを増し、ゴムボールさながらの感触で大崎の指を押し返した。

乳首ももうビンビンだ。何度乳輪に擦り倒しても、すぐさまぴょこりと元に戻り、さらに硬さを増しながら湿った感触を伝えてくる。

「はぁはぁはぁ！　気持ちいいかい、百花さん……」

エロチックによがり泣く百花に陶然とし、大崎は言った。

「はあん、ポルチオ……ポルチオおぉ！　ああン、大崎さん、ポルチオ気持ちいい！　もっと突いてください。奥。奥、奥、奥ンン。はあああぁ」

百花はそんな大崎の言葉にも過敏に反応し、それまで一度だって見せたことのない、切迫した様子で身悶えながら訴える。

「うおお、も、百花さん！　百花さんっ！」

――パンパンパン！　パンパンパンパン！

「ヒイイィン。うああああ」

狂乱する可愛い百花に昂ぶりながら、いよいよ大崎の腰振りは、ラストスパートの狂おしさを増した。

　もはや乳房をまさぐる余裕もない。おっぱいから両手を放すなり、百花を熱烈に掻き抱いて、ギュウッと裸身を密着させる。

「はああん。うあああああ。き、気持ちいい！　奥までち×ちんいっぱい来てるンン。奥イイの！　奥、奥、オクぅンン！　あああ、あああああ」

「うおお……うおおおお……？」

　キーンと遠くで耳鳴りがした。潮騒さながらのノイズが響きだす。一気にボリュームが高まって、大波となって押し寄せてくる。

（おお、マジでもうダメだ！）

「も、百花さん、出すよ！　中に……中に出していいの!?」

「うあああ。だ、出して！　大崎さん、いっぱい出してえええっ！」

「ああ、百花さん！」

　大崎は腰をしゃくった。まさに獣のようだった。

　吠える百花もあでやかな薄桃色の獣になる。裸で抱き合った二匹の淫獣は、何もかも忘れて生殖の悦びに浸る。

「ヒィン、気持ちいい！　ああ、イッちゃう！　イッちゃうイッちゃうイッちゃう！　あああああっ！」

「ああ、出る……」

「んおおおおっ！　おおおおおおおっ‼」

――びゅるる！　どぴゅどぴゅどぴゅ！

「ああ……」

体内に爆弾が炸裂したような衝撃とともにだった。大崎は意識を白濁させ、アクメの陶酔感に耽溺する。

まるで激しい嵐に吹き飛ばされまいとでもしているかのように、汗ばむ百花のみずみずしい裸身を渾身の力で抱きすくめた。

「はうう……あ……ああ、あああああ……はう……あああ……」

「はぁはぁはぁ……も、百花さん……」

そんな大崎に力いっぱい抱きすくめられながら、百花もまた、何もかも忘れて電撃の虜になる。

生まれて初めての信じられない悦びにうっとりとしながら、年若い美妻はビクビクと、何度も伸びやかで美しい裸身を震わせた。

「ごめん……ほんとによかったのかな。いっぱい、出しちゃってるよ……？」

ドクン、ドクンと陰茎を脈打たせ、我が物顔で他人の妻の膣奥に精液を飛び散らせた。弥生の時もそうだったが、今日もまた、大崎の男根はいつにない逞しさで、濃縮ザーメンを撃ち続けている。

「はああ……いいんです……いいんです……」

なおも不随意に裸身を痙攣させながら、百花は大崎を抱き返した。たっぷりの汗で粘つく若妻の美肌が、大崎と擦れてヌルッと滑る。

「幸せ……私……今夜、とっても幸せです……ありがとう、大崎さん……」

「百花さん……」

百花は甘えた声で言い、さらに強く大崎を抱擁した。

左の胸ではとくとくと、可愛い心臓が早鐘さながらに打っていた。

大崎はそんな百花をしっかと抱きしめる。今このときの幸せを、彼女と二人いつまでも、身体を重ねてたしかめた。

百花の小さなヒップの下には、失禁でもしたかのような水溜まりのシミが広がっていた……。

第四章　襲われた未亡人

1

「ごちそうさまの会」は、いつもと変わらぬ賑やかさだった。

いつものコミュニティセンター。いつもの調理室。いつもと変わらぬメンバーが、ワイワイと賑やかに、和歌子の指導を受けている。

今日のテーマは、近頃人気の「さばの水煮」をさらにおいしく食べられる料理の特集。「さば水煮缶ともやしの焼きうどん」を作っていた。

「さばは青魚の王様です。良質なタンパク質がたっぷりと含まれていますし、水煮缶に含まれているＥＰＡとＤＨＡは、特に注目と言われているんですよ」

いつものようにてきぱきとした動作で料理を作りながら、和歌子はあれこれと説明をしていく。

ストレートの黒髪をアップにまとめ、萌葱(もえぎ)色をしたシックで上品なエプロンに肢体を包んでいた。

だがその表情は、

(……何かあったのか、和歌子先生)

鈍感な大崎でさえ首を傾げたくなるほど、いつになく硬かった。

必死に笑顔になり、無駄のない動きで料理を作ってこそいるものの、なんとなく無理をしているように見える。

(体調でも悪いのかな)

説明を聞きながらメモを取り、和歌子の手元を目で追いながらも、大崎はちょっぴり心配になった。

だが、一見「いつもと変わらない」かに見える料理実習会も、よくよく見ればいつもと違うのは、和歌子一人だけの話ではない。

(あ……)

大崎は弥生と目が合った。

すると弥生は、にこにこと満面の笑顔で大崎にアピールをする。

(や、弥生さん。それまずい。まずい、まずい、まずい！)

あまりにあけすけな弥生の「親密さアピール」に、大崎は浮き足立ち、ついつい周囲の様子を気にした。

しかし幸いにも、誰もが和歌子に集中していて、弥生のことなど眼中にない。

(も、もっとフツーにしていてくれないと、みんなに「何かあったな、この二人」って気づかれちゃうよ、弥生さん……)

頼むよちょっとと心で悲鳴を上げながら、大崎はまたしても弥生を見た。

しかし弥生は堂々たるものだ。

色っぽく頬を染め、今度はウインクまでしてみせる。

(勘弁してくれよ……)

背中にじわりといやな汗が滲んだ。下手をしたら冷や汗が頬を伝いそうだ。

だがまあ、たしかにあんなことをしてしまったのだ。今までと変わらない態度でいてくれという方が、無理なのかも知れない。

もう一方――、

(うっ、百花さん……)

今度は百花に視線を向ける。どうやら百花も、大崎の方を見ていたところだったらしい。

（あっ……）

弾かれたように、あらぬ方を向かれた。

ノートをとるふりこそしてみせるものの、可憐な美貌はあっという間に羞恥の朱色に染まっていく。

（まいったな）

大胆に色目を使ってくる女あり、必要以上に意識をし、勝手に真っ赤になる女あり。そのどちらの女も原因となっているのは自分なのだからして、大崎には文句も言えない。

（だ、だめだだめだ。集中、集中。せっかく和歌子先生が一所懸命教えてくれているのに、真面目にやらないでどうする）

大崎はかぶりを振り、和歌子の説明と動きに意識を向けた。

そう言えば、今日は飯塚の姿がない。

前回は、しつこいぐらいに和歌子の隣にピッタリとくっついていたので鬱陶しいことこの上なかったが、それだけは今回の吉事である。

それにしても、やはり気になるのは和歌子の硬い笑顔だった……。

「長ネギ、パプリカは斜め薄切りです。こんな風に切ってくださいね」

鈴の鳴るような声で言いながら、慣れた手つきで包丁を振るう。調理室の中に彼女の包丁がまな板を叩く小気味いい音が響いた。

メンバーたちの間から「先生、お上手ー」「やっぱりプロよねぇ。音が違うもの」などと賞賛の声が相次ぎ、調理室はさらに賑やかになる。

しかし、それに応える和歌子の笑顔は、やはりどうしようもなく硬かった。

大崎はそんな和歌子を見つめ、眉を顰めて気を揉んだ。

2

「えっ、和歌子先生が」

驚いたせいで、大崎の声はつい大きくなった。

慌てて周囲に目を向ける。

他のテーブルの客たちが、迷惑そうにこちらを見ていた。

「す、すみません……」

大崎は彼ら、彼女らに頭を下げる。ひとつ咳払いをし、身を乗り出した。

「いつの話ですか」

声を潜めて、目の前の熟女に聞いた。すると、向かいに座ったその人は、

「今週の火曜日」

同じように身を乗り出し、眉間に色っぽい皺を寄せ、ヒソヒソ声で答える。

「か、火曜日。あっ……」

その日は、忘れたくても忘れられない。何しろ百花としっぽりと、熱いひとときを過ごしたメモリアルな一日である。

「なによ。火曜日、なんかあったわけ」

内心の動揺が顔に出てしまったのだろうか。固まる大崎を不審そうに見て、弥生が疑わしげな口調で言った。

「え。あ、いやいや、何も」

大崎は慌ててかぶりを振る。

どうやら弥生は、まだ何も知らないらしい。となると百花は、まだ先日のことを、この人に話してはいないようである。

そう。

火曜日にはたしかに、人には言えないそんなことがあった。

だが火曜日と言えば、偶然家の近くで和歌子と遭遇した日でもある。それでは和歌子は、あの後飯塚に公園で襲われたということか。

ここは、コミュニティセンターとは駅を隔てて反対側にある、賑やかなカフェだった。

話があるのと弥生に言われ、ドキドキしながら付いてきた。

先日のエッチのことか、それとも話は百花のことかと、想像ばかりが先走った。だが蓋を開けてみれば、色っぽさ溢れる美熟女は、思いも寄らない事件のことを大崎に伝えてきたのである。

――和歌子先生が飯塚に襲われたの。しかも大崎さんのお家のすぐ近くにある、あの市民公園の森に連れこまれて。

そんな話を聞かされて、大崎は驚き、浮き足立ったのだった。どうして今日、和歌子の様子が変だったのか、その理由もはっきりと分かりながら。

「ラッキーだったわよ。私がいなかったらどうなっていたか分からないわね」

熱々のアッサムティをズズッと啜り、何度もかぶりを振って弥生は言った。

そのときのことを思い出したのか。熟れた美貌が引きつったような、緊迫したものを滲ませる。

「け、けど……弥生さんはどうしてそんなところに」

本当に、弥生が現場に飛びこんでくれてよかったと思いつつ、素朴な疑問も大崎は覚えた。

「どうしてだと思う？」

大崎の質問に、弥生は質問で答えた。だがそんなことを聞かれても困る。大崎は弥生を見ながら顔を横に振った。

「聞いてみようかなーって思ったの、和歌子先生の家を訪ねて」

そんな大崎を意味深長に見つめ、弥生は歌うような調子で言った。

「き、聞いてみようかなって……なにを？」

「なにをって、決まっててんでしょうが」

テーブルに頬杖を突き、これ見よがしに目を細めて弥生は答える。

「和歌子先生が、大崎さんをどう思っているかよ」

「はあ⁉」

またしても素っ頓狂な声を上げてしまう。周囲のテーブルの客たちは、今度こそ完全にドン引きをした。

「す、すみません。すみません。ほんとに……」

大崎は、再び客たちに平身低頭する。ニヤニヤとねちっこい笑みを浮かべる弥生に、鼻息も荒く詰め寄って、

「ど、どど、どうしてそんなこと、弥生さんが和歌子先生に聞かなくちゃならないんですか。しかも、わざわざ自宅にまで押しかけて」

思わず声を潜めて聞く。

「いいじゃない別に。暇なんだもの」

しかし弥生は柳に風だ。文句があるのとでも言いたげな涼しい顔をし、またも紅茶をそっと啜る。

「ひ、暇なんだものって」

「そのおかげで、あの変態男の犯罪を未然に防ぐことができたのよ？　もっとも未然って言っても、和歌子先生にしてみたら、おっぱいまで見られちゃったし、全然未然じゃないかも知れないけど」

「お、おっぱい……」

危うく大声で「おっぱい！」と叫びそうになった。叫ばなくてよかったと心から思う。

「それはともかく、ほんとにラッキーだった。公園の奥の方に歩いていく二人を見つけてね、なんか変だわと思いながら後をつけたんだけど……」

まさか本当にあんなことが起きるなんてと、いまだに信じられないという顔つきになって弥生は言った。

奇妙に思いながら二人の後を付けていくと、飯塚は和歌子を森の奥に誘った。そして和歌子が、彼に従う形で遊歩道を外れてしばらくすると、ただ事ではない悲鳴が、小さく聞こえてきたという。

弥生が現場に飛びこんだことで、被害は最小限に食い止められた。

タブーな現場を目撃され、言い逃れのできなくなった飯塚は、舌打ちをして脱兎のごとく逃げ出した。

だから、「ごちそうさまの会」に顔を出せなくなったのも自業自得。

しかしこの街から、完全に姿を消したというわけではない。

つまり「ごちそうさまの会」にこそ顔は見せないものの、いまだに和歌子が危険であることに、なんら変わりはないのである。

「どうすんのよ、大崎さん」

今日の和歌子を思い出して胸を痛めていると、低い声で弥生が言う。

椅子の背に身体を預け、腕組みをしていた。肉付きのいい両脚を組み、眉間に皺を寄せて大崎を見る。

「ど、どうするって」

「好きなんでしょ、和歌子先生のこと」

「……うっ」

ズバリ直球で突っこまれ、返事に窮した。

唇を噛んで弥生を見る。弥生はそんな大崎に、

「和歌子先生、女のひとり暮らしで不安だと思うわよ。声かけてやったら？」

それしかないわよとでも言うように、心配そうにアドバイスをする。

「弥生さん……」

たしかにそうだなと、大崎は思った。

もっとも和歌子にしてみれば、大崎になど心配をされても嬉しくも何ともないかも知れない。

だが、ことはそういう問題ではない。

和歌子を慕う会員の一人、男の一人として、話を聞いてしまった以上、何も知らなかったことにはできない。

「でも」

心で意志を固めつつ、首をひねって大崎は聞いた。

「どうして弥生さんが、俺にそんなことまで」

「そんなの決まってんでしょうが」

大崎の素朴な疑問に、何を馬鹿なことをとでも言うように、あらぬ方を向いて息を吐いてから弥生は言った。

「大崎さんが好きだからよ」

「――っ⁉　弥生さん……」

「好きだから見ていられないの。だって大崎さん、あまりにものほほんとしすぎていて」

「の、のほほんって……」

愛の告白の後は、耳に痛いダメ出しだった。大崎は顔をしかめ、かゆくもない頭をポリポリと掻く。

「知らないわよ。和歌子先生がどうなっても。あの薄気味悪い男、やけになって次は何をしでかしてくるか分かったもんじゃないし。心配でしょ、先生が」

それはそうですよと、すぐに返事をしそうになった。ところが弥生は「それとも」と、間髪入れずに言葉を続ける。

「それとも、大崎さん。亭主と別れたら……私と一緒になってくれる？」

「えっ」

「冗談よ。冗談に決まってんでしょ。そんなにドン引きしないでよ。あはは」

明るい声で、弥生は笑った。

「結局和歌子先生の気持ちは聞けてないけど、男なら押して押して押しまくれよ。私にも百花さんにもせつない想いさせてんだから、しっかりとけじめつけなさいよね」

「えっ……」

「あ、いけない」

和歌子は、口が滑ったというように舌を出し、口の前に片手を当てた。

悪戯小僧のようなその顔つきは、すでに彼女が百花から、内緒の告白話をされていたらしいことを物語っていた。

3

亡夫の三回忌法要は、二週間後に迫っていた。

参列者は和歌子と夫の弟夫婦だけだったが、菩提寺との折衝で細々と時間を取られていた。

「ふう……」

だが、ようやくそれも一段落だ。

諸々（もろもろ）の準備が終わり、あとは当日を迎えるばかりという状態になり、和歌子は胸を撫で下ろしていた。

すでにとっぷりと、日は暮れている。

鍵を開け、一人で暮らす家に入った。

夫とのたくさんの思い出が詰まったここは、和歌子にとっては特別な場所だった。玄関から続く廊下にも、ダイニングキッチンにもリビングにも、亡夫との懐かしい一瞬一瞬が宝物のように詰まっている。

二人の終（つい）の棲家にと、夫と選んだ木造二階建ての家は、築二十年の中古住宅だった。購入してからそろそろ十二年になるため、建てられてからすでに三十年以上になる。

近頃では、その古さがいささか気になり始めていた。

つい先日、あのような恐ろしい事件に遭遇したせいか、ここ数日はよけいにそんな思いも強い。

しかしだからといって、頼れる人などどこにもなかった。

弥生は「いつでも声をかけてね、先生。私、すっ飛んでくるから」と言ってくれたが、自分の家庭のある人にそこまで甘えることはできない。

飯塚を警察に突き出すよう、彼女からは強く進言された。

だが生来の臆病さから和歌子はそれを拒み、飯塚が深く反省し、更生してくれればそれでいいと弥生に話した。

もちろん恐怖は人並み以上にある。

だがどこかで、飯塚を信じてもいた。

あのようなことになってしまったのは、つい魔が差したからであろう。たいせつな家族を失って、自暴自棄になっていた可能性もある。

根は悪い人ではない。和歌子はそう思いたかった。

「シャワーでも浴びようかしら……」

買ってきた食材を冷蔵庫にしまい終えると、今さらのように疲れが出た。

このところずっとそうだが、今夜もあまり食欲がない。シャワーでも浴びてすっきりとしたら、早めに床に就いてしまおうか……。

和歌子はそう決め、仏間に入って線香を上げた。着替えの用意をする。節約をするため、洗面所の明かりだけにして、あとはどの部屋も明かりを落とした。

ひとり暮らしの４ＬＤＫは、やはり広すぎる。

和歌子は孤独と不安を押し殺し、ひっそりとため息をつきながら、洗面所の扉をそろそろと閉めた。


（……ククク。何も知らないで、シャワーを浴び始めたか）

飯塚は邪悪に口の端を吊り上げる。

和歌子は思いも寄らなかったろう。まさか自分が暮らす家に、一匹の魔物がこっそりと忍びこんできていただなんて。

家の主（あるじ）が風呂を使いだしたのをいいことに、庭に面したリビングの窓ガラスをそっと割り、内鍵を開けて入ってきた。

気づかれないように後を付け、家まで追いかけてきた末の蛮行である。

先日のレイプ未遂の時点で、すでに強姦未遂罪。立派な犯罪者だった。だが飯塚は、和歌子の人のよさにつけこんで、さらにズブズブと犯罪者として深みに嵌（は）まっていこうとしている。

「………」

息を殺して、リビングから廊下に出た。

家の中には、和歌子の体臭らしいほんのりと甘いアロマが立ち込めている。

風呂場は、廊下の最奥にあるようだ。

どこもかしこも、闇に呑まれている。曇りガラスの嵌められた洗面所のドアから、オレンジ色の明かりがぼうっと漏れていた。

「ククク……」

和歌子の使うシャワーの音が、くぐもった響きで淫靡な音を立てている。

飯塚は、とくとくと心臓を弾ませた。

あの清楚な未亡人が、一糸まとわぬ無防備な姿でシャワーを浴びているのかと思うと、いやでも淫らな興奮が増す。脈打つペニスがムクムクと、デニムの股間を突っ張らせる。

もう服など着てはいられなかった。暖房もついていない十二月の夜だったが、そそくさと着ているものを脱ぎ捨てて全裸になる。

ひんやりとした夜気に鳥肌が立った。だが、風呂に飛びこんで和歌子を抱けば、すぐに寒さなど忘れてしまうに決まっている。

股間の一物は、早くもビンビンに反り返っていた。

飯塚は、ドキドキしながら洗面所の引き戸を、そっと横に滑らせる。

（……うおおおっ！）

思わず目を剥いた。歓喜の咆哮を迸らせそうになる。

洗面所に、明かりは点いていなかった。ガラス窓から漏れていた明かりは、浴室からのものである。

曇りガラスのドアは、アコーディオン式だ。そんなドア越しに、ぼんやりと透けて見えるのは、

（ああ、和歌子……！）

愛しい熟女が洗い場に立ち、シャワーを使っていた。温かそうな湯気と明かりに包まれて、一糸まとわぬ未亡人がお湯を浴びている。

「はぁはぁ……」

飯塚は、たまらず呼吸を荒くした。股間の猛りが鹿威しさながらに、ビクン、ビクンと上下にしなる。

息を殺した。心臓が高鳴る。けたたましいシャワーの音を味方につけ、足音

を忍ばせて風呂場に近づいた。

洗面所には洗濯機が置かれていた。洗濯機の前には、綺麗に洗われた空の花瓶がいくつも並べられている。

和歌子はこちらに背を向けていた。飯塚には、まったく気づかない。シャワーヘッドを片手に取り、肩や胸、腹などに盛んにお湯を浴びせている。

（くぅ、たまんねえ！）

こんなエロチックな場面を目の当たりにしては、もう後先考える余裕もない。どうせすでに、罪は犯してしまっているのだ。

和歌子への淫らな思いを道連れに、こうなったら、とことんこの女を貪り尽くしてやる——！

獰猛な野性に身体が痺れた。早くも寒さなど完全に吹っ飛んでしまっている。

ドアの取っ手に指をかけた。

飯塚はアコーディオン式のドアを、ズズッと横に滑らせた。

（——っ！　おおおおおっ！）

細めに開いたドアの隙間から、温かな湯気が溢れ出してきた。風呂場にはもうもうと白い湯けむりが立ちこめている。

（おお、和歌子！）

飯塚はうっとりと魅惑の未亡人を見た。何も気づかない哀れな獲物は、顔を上向け、美貌にお湯を浴びせている。

ストレートの髪が、勢いよく降り注ぐお湯に濡れ、烏の濡れ羽色に艶光りしながら背筋にベッタリと貼りついた。

まさに、匂い立つような女体であった。

肉と脂のたっぷりと乗った三十三歳の熟れ裸身は、どこもかしこも艶めかしい柔らかさと火照りを感じさせる。

服の上からでも分かっていたことではあったが、もっちりと肉感的ながらも、均整の取れたスタイルだった。

湯に濡れたボディはコーラのボトルさながらの、色っぽいS字の流線型を描いている。

背中のラインが、V字を描いてあだっぽく下降し、細い腰へとなだれこんだ。

キュッと締まったセクシーラインは、そこから一転し、息詰まるほどまん丸に大きな臀部を盛り上がらせる。

（ああ、エロいケツ！）

飯塚は鼻の下を伸ばし、愛しの熟女の濃艶ヒップに視線を釘付けにした。

はち切れんばかりに張りつめる逞しい臀部は、まるで巨大な白桃でも見ているかのようである。

内股気味に立ったままシャワーを浴びていた。ヒップの側面があだっぽく窪み、クレーターでもできたかのようになっている。

天井から降り注ぐ明かりが、臀裂の影を三日月形に刻んでいた。

ちょっと動くたび、上気した尻肉がフルフルと震える。同時に逞しい太腿も、小刻みに震えてお湯の飛沫を飛び散らせた。

（こ……こいつはたまらん！）

飯塚は、ビクン、ビクンと股間の棹をしならせた。

この角度からではおっぱいも、肝心要の股間の秘毛もその下の恥裂も見ることができない。

これ以上、こっそりと出歯亀している理由など、どこにもなかった。

「ああ、和歌子！」

鼻息を荒くした邪悪な魔物は、一気呵成にアコーディオンのドアを音を立てて滑らせた。

4

「お風呂に入っているのか……」

どうやら間抜けなタイミングで訪れてしまったようである。和歌子の自宅を訪ねた大崎は、肩を窄めてブルッと震えた。

和歌子が暮らす木造の二階家は、古い住宅街の一角にあった。簡素な鉄の門扉を開けると、すぐに玄関まで辿り着ける。

だが、チャイムを押すには及ばなかった。彼はすぐに、室内でガスが使われている音を聞いたのだ。

家中の明かりが落ちていた。台所らしき窓からも明かりは漏れていなかったため、風呂場で使うガスの音かと察したのであった。

「風呂上がりに訪ねるっていうのも失礼だよな。今夜はあきらめるか」

小さくため息をつき、大崎は呟いた。

まだ夜としては比較的早い時間帯だったが、人にはそれぞれの生活パターンがある。

女性が一人で暮らす家だ。しかもリラックスした風呂上がりに、男が訪問して歓待されるはずもなかろう。

「おやすみなさい、先生……」

大崎は律儀に挨拶をすると、きびすを返して帰ろうとした。

（えっ）

すると、門扉に向かいかけた足がぴたりと止まる。

何やら妙な物音が耳に届いた気がしたのだ。

「……気のせいか？　あっ――」

だが、それは空耳などではなかった。たしかに家の奥の方から、ただならぬ物音が聞こえてくる。

大崎には、女性の悲鳴にしか聞こえなかった。

（わ、和歌子先生）

たちまち激しく浮き足立った。

慌てて引き戸を開けようとする。だが、思った通り内側から、しっかりと鍵がかけられている。

いったい何が起きているのだ。大崎はパニックになりかけた。

開かない引き戸を何度も開けようとして徒労に終わった彼は、煽られる心地で建物をぐるりと回って奥へと駆ける。

「ぐはっ⁉」

何かにけつまずいて前のめりに転んだ。

痛む身体に呻きつつ、すぐさま立ち上がって再び駆け出す。

小さな庭が、月明かりを浴びて静まりかえっていた。

そこまで来ると、室内から聞こえる不穏な悲鳴は、くぐもった音ながらもさらにはっきりと聞こえてくる。

何を言っているのかまでは分からなかった。

だがたしかに、和歌子らしき女性が恐怖に襲われて叫んでいる。

(先生……和歌子先生！)

大崎はうろたえた。

オロオロと行ったり来たりを繰り返す。やがてようやく、庭に面した部屋が窓ガラスで仕切られていることに気づく。

藁(わら)をも掴む心境だった。窓の取っ手に指を伸ばそうとする。

「――えっ」

そして、彼は気づいたのである。

二枚の戸が一つに重なる部分――内側に鍵の見える分厚いガラスが、粉々に割れて鍵が開けられている。

「お、おい……おいおいおい！」

誰かがここから不法侵入を果たしたことは、もはや明白だった。風呂場らしきところから聞こえる和歌子の悲鳴が、いっそう深刻な意味を持つ。

誰か――現時点で考えられる人間など、どう考えても一人しかいないではないか！

「くうぅ!?」

ガラリと窓を開け放った。家の中に飛びこんでいく。靴を履いたままだったことに気づき、慌てて足から靴を脱いだ。

（ふ、風呂場……風呂場、風呂場！）

家の中は真っ暗だ。

嗅ぎ慣れた、甘いアロマがそこかしこに香っている。

どうやらここは、リビングルームのようだった。大崎は少しずつ、闇に目が慣れてくる。

「わたっ」

それでもソファにぶつかった。観葉植物らしきものを蹴飛ばしたりもした。

しかし大崎は怯むことなく、急いで廊下に飛び出した。

「きゃああ。ああ、な、何をするのの。いや。いやいやあああ」

（和歌子先生！）

廊下の最奥。玄関とは真逆の方角から、引きつった悲鳴が聞こえる。

そこにだけ明かりもあった。大崎は慌ててそちらに駆け寄る。

「和歌子、好きなんだ。好きなんだよ」

「いや。いやいやあ。誰か……誰かあああっ！」

「誰も来やしないよ。ああ、愛してる。俺、こんな時が来ることを、どれだけ心待ちにしたか」

（い、飯塚ああっ！）

その声は、やはり明らかに飯塚であった。洗面所の引き戸は開け放たれたままである。

大崎は勢いよく洗面所に飛びこんだ。

「――っ!!」

「ああ、やめて！　触らないで！」

「ケチケチするなよ。お前だってほんとは、けっこう欲求不満なんだろ」

「いや。いやあああ」

（ううっ!?）

大崎の両目に飛びこんできたのは浴室の洗い場でもつれあう、全裸の和歌子と飯塚だった。

もっちりと扇情的な和歌子の裸身に視線を吸い寄せられそうになり、慌てて視線を逸らした。ちらっと目にした飯塚の股間では、ペニスがグロテスクに反り返っている。

「な、何をしているんだ、きさま！」

大崎は怒髪天を突いた。こんな大声で怒鳴ったことは、これまでの人生にだってそうはない。

「げっ⁉」

「きゃあああ」

気づいた飯塚が目を剥いて息を飲んだのと、そこにいるのが大崎だと分かった和歌子の喉から、けたたましい悲鳴が弾けたのはほとんど同時だった。

「きさまああっ！」

洗い場に駆け寄り、飯塚の肩を掴んだ。怒りに任せてグイッと引っ張り、和歌子の裸身から引き剥がす。

「いやあああ」

和歌子は両手で乳房を隠した。泣きそうな声を上げてうずくまる。

その心中は察するにあまりあった。慎ましやかな熟女が見せる取り乱した姿に、大崎は胸を締めつけられる。

「なんだきさまあっ！」

飯塚はたたらを踏み、洗面所へと引きずり出された。

大崎を睨みつけてくる彼の目は、料理実習会で見かける彼とは別人のように凶暴だ。

「あんたこそ何してるんだ。これは立派な犯罪だぞ！」

怒りのあまり全身が、焼けるかのように熱くなっていた。大崎は拳を固め、裸で威嚇(いかく)をしてくる飯塚にヒュンと右手を唸らせる。

「――ぶっほおおおっ！」

本能のままに振るった拳が、飯塚の左の頬にめりこんだ。

飯塚は不様な声を上げる。

洗面台に身体を打ちつけた。バランスを崩して尻餅をつく。

「こ、この野郎おおおっ！」

だが、飯塚はすぐさま反撃に転じた。容赦なく一発殴られたことで、向こうもプツリと切れたようだ。

弾かれたように床から起き上がった。拳を固めて飛びかかってくる。

大崎は慌てて前腕で、自分の顔をガードしようとするものの、

「ぐあああっ！」

飯塚のパンチは思いのほか素早く、しかも強烈だった。

お返しとばかりに鼻面（はなづら）に鉄拳を食らう。

目の前に火花が散った。不覚にも意識を失いそうになる。

「く、くそっ……」

「調子こいてんじゃねえぞ、おいぼれ！　ああっ⁉」

大崎が足元をもつれさせると、飯塚はますます攻勢に出た。

伸ばした片手に胸ぐらを掴まれる。飯塚は、怒りに任せてグイグイと大崎を押し、狭い洗面所から廊下に飛び出した。

「このくそじじい！」

「──だはあっ⁉」

廊下の壁に、力任せに背中を叩きつけられた。目を剥いた飯塚は大崎の胸ぐらを掴んだまま、もう片方の手で彼の頭を乱暴に掴む。

「なんでてめえがこんなところにいるんだよ！　てめえも和歌子とやりてえのかっ！」

「ぐあっ！」

頭を壁に叩きつけられた。軽い脳しんとうでも起こしたようになる。鈍い痛みに頭部が疼いた。意識が朦朧としてしまう。

「い、飯塚、きさま……」

「きさまじゃねえ、このじじい！　せっかくいいところだったのに、てめえなんかが来やがったせいで……死ねええっ！」

――ドカン！

「あああ……」

「死ね、死ね！　死にやがれええっ！」

――ドカン！　ドカン！

「おおお……」

もしかしたらこいつは、本物の狂人なのかも知れなかった。

両目を剥いて罵声を浴びせかけてくるその顔つきは、尋常ではない。

チラリと視界に飯塚の剥き出しの股間が入った。

ペニスはすでに力なく萎れている。飯塚が激しく動くたび、振り子のように重たげに、大きな肉棒がブラブラと揺れた。

（し、死ぬのか、俺。もしかして……）

ガンガンと頭部を廊下の壁に叩きつけられ、大崎は意識を失いかけた。最初に一発、先制攻撃に成功しただけで、あとはボロ雑巾も同然だ。

（かっこわりいな……）

薄れゆく意識の中で、大崎は和歌子の身を案じた。自分が死んだらこの狂人は、和歌子に何をしでかすか分かったものではない。

「このおいぼれが！　くたばれ！　くたばれ！」

——ドカン！　ドカン！

「ぐあっ……ああ……」

（和歌子……先生……）

もう少し、本気で身体を鍛えておくべきだった。いくら歳でもこんなでは、あまりにかっこ悪すぎる。

何だか次第に、いい気持ちになってきた。本当に死ぬのかなと、他人事みたいにぼんやりと思う。

(先生、ごめん……何にもしてあげられなくて……)

大崎は心で和歌子に詫びた。

そんな彼に、鬼のような形相になった半狂乱の飯塚が、

「死ねえええええっ!」

獣のような咆哮を上げる。ひときわすさまじい動かし方で、木偶人形も同然の大崎の頭を背後の壁に叩きつけようとした。

すると——、

ゴンッ!

「ぐああ……」

(……えっ)

断末魔の叫びを上げたのは、どうやら自分ではないようだ。痺れた頭で、大崎はぼんやりと思う。

飯塚の両手が、力なく離れた。

いきなり電源が落ちたサイボーグか何かのように、全裸の狂人は大崎の前にくずおれる。

「──っ！　わ、和歌子先生……」

霞んだ両目を必死に開いて大崎は見た。飯塚と入れ替わるかのようにして、彼の視界に入ったのは、和歌子その人だ。

和歌子は両手に、大きな花瓶を持っていた。花瓶の縁にはべっとりと、飯塚のものらしい鮮血がこびりついている。

もっちりとした裸身には、慌てた様子でバスタオルが巻きつけられていた。

清楚な未亡人は肩で息をする。仕留めた飯塚を睨むように見下ろし、続いてこちらを見た。

「大崎さん。お怪我は……」

「あ……ありがとうございます。助かりました。なんとか……死ななかったみたいです。あはは」

大崎はお道化(どけ)て笑い、クラクラする頭を持てあましつつ、足元を見下ろす。

和歌子は一撃で、魔物を撃退したようだ。

飯塚は白目を剥き、口から泡を噴いたまま、暗い廊下に気絶していた。

5

「先生、お腹、空いていませんか」

「そうですね。何か作りましょうか……」

冷蔵庫の中に、それなりの食材を入れておいてよかったと、大崎は思った。ただでさえ侘(わび)しげな男のひとり暮らし。

綺麗に暮らしているつもりではあるものの、冷蔵庫の中が空っぽでは、やはりちょっぴり恥ずかしい。

「まあすごい……いろいろありますね」

冷蔵庫を改めた和歌子は、驚いたように微笑んだ。何が作れるかしらと考えこむような顔つきになり、大崎に笑いかける。

「ちょっと待っていてください。今、すぐに用意します。あの、この手羽先はもしかして……」

「ええ。先生に教えていただいた手羽先揚げ名古屋風に挑戦してみようと思って買いました」

「フフ、そうですか。じゃあ手羽先をメインにしましょう」

和歌子はたおやかに微笑み、さっそく料理にかかろうとした。

「先生、手伝います」

「……じゃあ……大崎さんは、水菜で何か作っていただけますか」

冷蔵庫にあった水菜を取って色っぽく翳(かざ)し、和歌子は大崎に言う。

「分かりました。えっと、それじゃ……あれ、何を教えていただいたんだったかな。ああそうそう、水菜の柚子胡椒(ゆずこしょう)サラダでいいですか？　それとも……水菜とツナのマヨポン和えでしたっけ」

「どちらでも、お好きな方でかまいません。あとは私がパパッと作ってしまいますから」

こうして大崎は、和歌子と二人で厨房に立った。

すでに時間は、深夜の零時近くになっている。遅めの夕食というにはあまりに遅すぎる時刻だったが、何か食べておかないと身体に悪い。

(それにしても、和歌子先生が俺の家にいるだなんて……)

チラッと和歌子を見た大崎は、つい表情が緩む。

和歌子は水を得た魚のようになって、いつものようにてきぱきと、料理を作り始めていた。

(信じられない)

これが夢のようでなくて、いったい何だろうと思った。

あんな性犯罪者に感謝するつもりなど毛頭ないけれど、きっかけとなったのはたしかに飯塚だったと思うと、何とも複雑な気持ちにもなる。

あの後、和歌子と大崎はすぐに一一〇番をし、駆けつけた警察に飯塚を引き渡した。

事情聴取にたっぷりと時間を取られ、それでこんな遅い時間になってしまっている。

窓ガラスの割られた、ひとり暮らしの家に和歌子を置いて帰ることは忍びなかった。和歌子も怯えていた。

勇気を出して家に誘うと、和歌子は盛んに「いいんですか。ご迷惑じゃないですか」と申しわけながりながらも、大崎の家に来ることを同意してくれたのであった。

「ああ、おいしかった……」

思わず出た言葉は、世辞でも何でもなかった。

メインディッシュの手羽先揚げ名古屋風はもちろんのこと、和歌子が手早く用意してくれた料理は、どれもこれもが絶品だった。

アサリとキャベツの酒蒸し、エスニックオムレツ、タマネギとカリフラワーのカレーマリネ、なすとパプリカの味噌炒め。

大崎は、和歌子が作ってくれた料理の数々に舌鼓を打ちながら、買っておいたワインを二人で開け、ゆったりとしたときを過ごしたのである。

「お口に合いました？」

はにかんだように微笑んで、和歌子が照れ臭そうに見つめてくる。

リビングルームのテーブルは、空になった皿でいっぱいだ。大崎はワイングラスに口をつけ、至福の思いで赤い液体を喉の奥に流しこんで、

「やっぱり先生はすごいです。どれもこれも、一流のお店で食べているような味ばかりで……俺のマヨポン和え、完全に浮きまくってましたね。あはは」

自虐的な笑い声を上げる。

「そんな……とてもよくできていましたよ」

和歌子は大きくかぶりを振り、大崎の健闘を褒め称えてくれた。そんな気遣いが嬉しくて、大崎は甘酸っぱい気分になる。

ワインのせいで、和歌子の清楚な美貌も、色っぽく紅潮していた。お酒はあまり強くないと言っていたが、本当にそのようである。

「ずいぶん練習されたんですか、おうちで」

「え？　ま、まあ、そう何度もってわけじゃないですけど。せっかく教えてもらいましたから」

「真面目なんですね」

「いやあ、暇なだけです。ははは」

「そんな……ウフフ……」

和歌子はリラックスした表情でおかしそうに笑った。こうして二人でワインを飲んでいると、数時間前の悪夢が嘘のようである。

「それにしても……ほんとによかった」

大崎はしみじみと言った。

「和歌子先生に、なにもなくて」

「……ほんとに、ありがとうございました」

和歌子は居住まいを正して、律儀に頭を下げる。

「大崎さんが飛び込んで来てくださらなかったら、どうなっていたか、本当に分かりませんでした」

「ですねぇ……」

「あ、でも……」

ようやく気がついたというように、和歌子はきょとんとした。

「大崎さん、どうして私の家なんかに？」

「あ……」

そうだ。そう言えば、まだそのことについて会話を交わしていなかった。

大崎は、照れ臭さのあまり顔が熱くなる。

「い、いやあ……まあ……パトロールみたいなもんですよ」

「パトロール？」

「ええ、世の中ずっと物騒ですし、女性のひとり暮らしと言えばなおさらですしね」

しどろもどりになりながら大崎は言った。

「……あの……じゃあ、そのためだけに、私のところまで？」

「えっ。う、うー、まあいいじゃありませんか。あ、そうだ、そろそろお茶に変えましょう」

自分の顔の熱さにうろたえ、弾かれたように椅子から立った。

飲みすぎてはいけないと自重していたはずだった。それなのに、どうやらやはり飲みすぎてしまったようだ。それが証拠に目の前の美しい人に、心が波立ち、落ち着かない気持ちが強くなる。

「あ……お茶なら私が」

和歌子は慌てた様子で、一緒になって立ち上がった。ダイニングキッチンに向かおうとする大崎の腕を掴み、

「大崎さんは座ってらして」

申し訳なさそうに言い、一人でキッチンに入ろうとする。

「いやいや。そんなわけには。先生はお客さんなんですから」

しかし大崎も譲らない。客人であり、料理の師でもあるこの人に、これ以上よけいな仕事はさせられない。

「そんな、私お客じゃ……お願い、大崎さん。私にさせてください」

「とんでもない。先生こそ座っていてください」

和歌子も引かず、ぜがひでも大崎にラクをさせようとする。そんな未亡人の心遣いは嬉しかったが、休ませてあげたい気持ちも強い。

「さあ、先生。どうぞお楽に」

「いえ、大崎さん。私が」

自然に揉み合う格好になった。

大崎もほろ酔い気味だったが、それは和歌子も同じである。俺が、私がと主張しあう内、互いに相手を押しのけようとするような展開になった。

「先生、俺が」

「私にさせてください、お願い」

揉み合う二人の動きがエスカレートした。

「先生。いいから」

大崎は強引にキッチンに足を踏み入れようとする。そんな彼に、和歌子が追いすがる。

「大崎さんこそ」

「そんな、せ――うわっ！」

「きゃあああああ」

相手を気遣い合う二人の、足と足がもつれあった。大崎と和歌子はそれぞれに声を上げ、カーペット敷きの床に転びそうになる。

（危ない！）

大崎は咄嗟に、和歌子を掻き抱いた。身体を反転させ、自分が下になって転倒しようとする。

「ぐあああっ⁉」

「――っ⁉　お、大崎さん！」

床にしたたか、腰と背中を打ちつけた。

しかし、何とか和歌子には痛い思いをさせずにすんだようだ。鈍い痛みに顔をしかめつつ、大崎はホッと安堵する。

「だ……大丈夫ですか、大崎さん⁉」

和歌子は心配そうに、楚々とした美貌を引きつらせた。身体を起こし、たおやかな柳眉を八の字にして、硬い顔つきで大崎を見下ろす。

「あはは、なんか今日俺……メチャメチャかっこ悪いですよね……」

情けなさに自嘲の笑いを零しつつ、大崎は呻く。

飯塚にはボコボコにされるし、今度はひっくり返ってしまうしで、愛しい熟女の前だというのに、いいところを一つも見せられない。

「大崎さん……」

「歳ですね。それとも飲みすぎたかな。先生、すみません。お怪我、なか――」

「んっ……」

（えっ）

……チュッ。

（――っ⁉）

大崎は仰天した。

夢でも見ているのではないかと混乱した。

いや、本当に夢かも知れない。

だって――どうして和歌子が俺なんかに、自らキスをしているのだ。

6

「せ、先生……⁉」

「大崎さん……」

……ちゅうちゅう、ちゅぱ。

「せ……おおお……？」

仰臥する大崎に、和歌子は熱烈に覆い被さった。

驚いて目を見張れば、清楚な熟女は恥ずかしそうに瞼を閉じる。

どこかうっとりと、そしてねっとりとした口使いで、大崎の唇に肉厚の朱唇を重ね、彼の口を吸い立てる。

「むんぅ……んんウゥ……」

熱っぽく口を吸われるたび、股間がキュンと甘酸っぱく疼いた。

和歌子は柔らかなその朱唇だけでなく、むちむちと肉感的な熟れ女体も、大崎の身体に密着させる。

（ああ、和歌子先生のおっぱいが！）

汁っぽい音を立てて愛しの熟女に唇を奪われながら、大崎はじわじわと舞い上がった。

胸に惜しげもなく押しつけられるのは、未亡人の豊満な双乳だ。

たっぷりのお湯を満たしたゴムボールさながらのおっぱいが、大崎の胸に密着し、クッションのように弾む。

いきなりの展開に、大崎は戸惑った。

しかしそれでも、身体に火が点いてしまう。

この世で一番愛しい人が、自ら接吻をしてきたのだ。これで火が点かなければ男ではない。還暦間近の出がらし男でも、野性は今なお現役のようだ。

「——ハッ」

やがて、和歌子が慌てた様子で唇を離した。二人の唇の間に、ねっとりとした涎の糸が伸びて千切れる。

「先生……」

「やだ、私ったら。ご……ごめんなさい！」

ようやく我に返ったとでも言うかのような姿だった。和歌子は美貌を真っ赤に染め、大崎から身体を離そうとする。

「ま……待って」

大崎は、そんな和歌子の手首を掴んだ。未亡人は、大崎の開いた両足の間でいたたまれなさそうに身を縮める。

「わ、和歌子先生……どうして、俺なんかに……キスを……」

「ごめんなさい。忘れてください。私ったら、どうしてこんなこと……」

「行かないで」

和歌子は手を振りほどいて立ち上がろうとした。

そんな和歌子を必死に呼び止め、さらに強く手首を握る。

和歌子は小顔を何度も振った。楚々とした美貌はますます火照り、何とも艶やかな紅色になる。

おのれのしたことに恥じらう未亡人に、大崎は激しく心が沸き立った。

自分なんかがこの人に、愛を告げられる権利がありそうなことに信じられない気分になる。細い手首を握る指に、ついつい歓喜の力が漲る。

「先生……」

和歌子を呼びながら身体を起こした。

和歌子は困惑したまま、首をすくめて逃げるようなそぶりをする。

「愛してる……って、言ってもいいんですか」

「大崎さん」

「こんなじじいが……先生のことが好きだなんて、穢らわしくないですか」

見つめる瞳は、ついつい熱っぽさを増した。

未亡人は、大崎の一途な視線を持てあましたように、

「そんな……」

震える声で、かぶりを振って否定する。そんな和歌子の真摯な顔つきに、大

崎は胸を疼かせた。

「私の方が、穢らわしい女です」

和歌子はうつむき、苦悶に美貌を歪めて呻くように言った。

「先生」

「主人を失って、まだ二年しか経っていません。三回忌も終わってないです。それなのに――」

大崎を見る。

苦しげに歪んだ清楚な美貌は、震えがくるほど官能的だ。大崎はゾクッと鳥肌を立てる。

「大崎さんに、はしたない真似を」

「和歌子先生」

「女のくせに。自分から大崎さんに、欲求不満の女みたいに――」

「ああ、先生！」

「あ……」

震いつきたくなるとは、まさにこういうことを言うのだろう。

あまりに可愛い未亡人の告白に、もはや黙ってなどいられなくなり、両手を広げて掻き抱く。

「お、大崎さん」

「ちっとも穢らわしくなんかない。穢らわしいのは、やっぱり俺だ」

抱きしめる両手に、不穏な力が漲った。だがその力には、せつない愛情も満タンになっている。

「ああ……」

仰け反らんばかりに抱擁され、和歌子は天を仰いだ。感極まったような吐息を零す。おそるおそるという感じで、白い腕が大崎の背中に回ってくる。

「大崎さん……」

「いい歳をした大人なのに、先生のことばかり思ってました。自分の娘のような歳の人なのに……一人で先生のことを思って、死んだ女房には言えないようなことを、一人で悶々と考えていました」

「はうう……」

大崎は未亡人を、カーペット敷きの床に横たわらせた。

和歌子の顔には、いまだ複雑な感情がある。大崎の告白を、決して迷惑そうには思っていないようにも見えたが、それでも楚々とした美貌には、なおも色濃い戸惑いがある。

「先生……いいんですよね？　俺……先生の裸が見たいです」

「うぅ、大崎さん……」

「こんなことになっちゃったら、もう我慢できません。いいんですよね。あんなことがあったすぐ後なのに……俺、先生を怖がらせてませんよね？」

「はあぁ……」

大崎は鼻息を荒くして、熟女の身体から着ているものを毟り取っていく。

和歌子が身につけていたのは、シックなカーキ色のチュニックワンピースだ。色っぽく眉根に皺を寄せ、唇を噛みはするものの、熟女は大崎にされるがまま、深夜のリビングに白い素肌を、どんどん露出させていく。

「ああ、先生……うお、おおお……」

自分で脱がせているくせに、美熟女の色っぽさに、大崎は息詰まる気分になった。

背中のファスナーを下ろし、ワンピースを解放する。力なく緩んだ服をなよやかな肩から滑らせ、ズルズルと肉感的な肢体から脱がすと、

「うう……」

「うおお、和歌子先生……」

リビングのＬＥＤシーリングライトの明かりの下に、三十三歳の熟れ女体が姿を現した。

ついさっきも、見ようと思えばバッチリと見ることのできた魅惑の裸身。だが大崎は、持てる理性を総動員させて見ないようにと努めたのだった。

そんな愛しい和歌子の身体が、とうとう自分の熱い視線に晒された。大崎は万感の思いになり、豊満な半裸をうっとり見つめる。

色白の、きめ細やかな美肌はシルクのように上質だった。ほんのりと艶やかに上気もしている。

そのせいで、搾ったばかりの新鮮なミルクに、イチゴエキスでも入り混じらせたかのような、潤いともっちり感に富んだ薄桃色に火照っていた。

しかも、ただ肉感的なだけではない。

和歌子はスタイルだって悪くなかった。だがやはり、スタイルの良さより豊満な乳房だ。逞しく張りつめる臀部の迫力だ。

肉体の黄金比を軽々と逸脱し、息詰まるほどに盛り上がる、おっぱいとヒップのボリューム感に、大崎はぐびっと唾を飲む。

「ああ、和歌子先生！」

鼻息はいやでも荒さを増した。

完熟の巨乳と尻に吸いついているのは、エレガントさを感じさせる純白のブラジャーとパンティだ。

大崎は真綿で首を締めつけられるような息苦しさとともに、有無を言わせぬ荒々しさで二つの下着を和歌子から奪う。

「はあぁぁん、大崎さん……」

「うおお、わ、和歌子先生！」

恥じらいながらも未亡人は、大崎の強引さに結局は負けた。

ブラジャーを毟られ、パンティを脱がされて、とうとう高密度のプルプル肌を、あまさず大崎の視線に晒す。

何一つ遮るもののない小玉スイカ並みの豊乳が、大崎を取り乱させる。

淡い秘毛に彩られた、和歌子の女体のもっとも深遠な部分は、もちろんそれ以上の淫力だ。

「ひうう、は、恥ずかしい……大崎さん、そんなに見ないで……」

和歌子は色っぽく身をよじり、乳房と股間を隠そうとした。

だがもう大崎は許さない。細い熟女の手首を取り、強制的に万歳をさせる。

「ああああ」

「うおお、先生、感激です……ああ、先生のおっぱいが……とうとう！」

「はああぁん」

両手でわっしとおっぱいを掴んだ。まん丸に作られたゼリーでも、鷲掴みにしたような感触だ。

和歌子の乳房は、とろけるように柔らかだった。ようやくこの手にできた憧れのおっぱいは、西洋人を彷彿させるピンクの乳輪と乳首も持っている。

乳輪はほどよい大きさの円を描いていた。白い乳からこんもりと盛り上がり、一段高くなっている。

乳輪の真ん中には、サクランボのような乳首があった。乳首はパンパンに張りつめて、硬く痼って震えている。

「ああ、先生……先生っ！」

……もにゅもにゅ。もにゅもにゅもにゅ。

「あはあぁ、大崎さん……ま、待って……お願い、待ってください……」

和歌子は艶めかしい声を上げながらも、同時にうろたえ、両手で大崎の手首を掴む。

「お、お願い……もうすぐ夫の三回忌が終わります」

「先生」

「どうかそれまでは……大崎さん、それまでは——」

「む、無理です、先生。ごめんなさい。ああ、俺……自分を抑えられない！」

「んはあぁぁ」

大崎は衝きあげられる心地になり、片房の頂にむしゃぶりついた。腹を空かせた赤子のように、口を窄めて乳勃起を狂おしいほどに吸い立てる。

百花のときは堪えがきいた。しかし今夜は、無理な相談だ。それが大崎の想いの違いだと言えば、百花が不憫ではあったが。

……ちゅうちゅう。ちゅう。

「はあぁん、ああ、困る……だめ、大崎さん……さ、三回忌……夫の……」

「どうしよう。我慢できない……だって先生、こんなことになっちゃったら」

「んはあぁ。はあああぁ」

グニグニと乳房を揉みしだきながら、乳首を吸い、舐め転がしては、もう一方の乳にも吸いついて同じようにする。

右をレロレロ、左をレロレロ。もちろんいっときだって、乳揉み行為は中断しない。

「あはあ、やだ、困る、お、大崎さん……はあん、はあァン……」

ズブズブと深く指を包む、練り絹さながらのおっぱいの手触りにますます淫欲をそそられた。

心地よく舌を押し返す乳芽の硬さと湿った感触にも、大崎はいきり勃つ。

「はぁはぁはぁ……先生……あ、愛してます！　先生、愛してる！」

「んはああぁ、どうしよう、どうしよう……あぁ、あなた……はあぁ……」

こんなときに「あなた」だなんて亡夫を呼ばれても困る。

もはや大崎は完全に制御不能だ。

和歌子が夫への罪悪感に震え、思わず彼を呼んでしまったのは明らかだった。

だが、正直に告白するなら、それでよけいに大崎は燃えた。

嫉妬のせいもいくらかはあったろう。

どうにもならない性衝動を、会ったことのない和歌子の夫に見せつけるかのように、さらにどっぷりといやらしい行為に溺れていく。

「はあァン、大崎さん……」

未亡人のおっぱいの先っぽは、二つとも唾液でベチョベチョになった。

ねっとりと濃厚なシロップでも塗りたくられたかのような眺めで、いっそう締まった硬い肉実をフルフルとあだっぽく震わせる。

「せ、先生、許してください……もうだめだ……俺の気持ち、分かって……」

大崎は声を震わせて訴えた。

室内には、ほどよく暖房が効いている。

激しい動きの連続で、和歌子もじっとりと汗を滲ませていた。

だがそれは大崎も同様だ。

和歌子に続いて着ているものを引き千切るように脱ぎ捨てた。

枯れかけた裸身を、愛しい人に晒すことは、正直かなり気が引けた。だが、弥生に続いて百花の前でまで、臆面もなく裸になった図々しい記憶が、大崎を柄（がら）にもなく大胆にさせる。

7

「ひううぅ、大崎さん……」

ボクサーパンツを脱ぎ捨てるなり、ブルンとしなって飛び出したのは、年甲斐もなく勃起した長大な極太だ。

身も蓋もなく反り返ったどす黒い棹部分に、ゴツゴツと血管が浮き上がっている。

松茸のように笠を張り出させた鈴口は、生殖への渇望を訴えるかのように、和歌子の眼前でひくついて、何度も尿口を開閉させる。

（ああ、濡れている……！）

和歌子に足を開かせながら、チラッと秘丘のワレメを見た。

ふっくらと柔らかそうな縮れ毛が、肉付きのいい白い丘にもやついている。そんな恥毛のすぐ下で、小ぶりな裂け目がぱっくりと淫靡な扉を開けていた。ローズピンクの粘膜を見せつける花びらは、蓮の花を彷彿させる形だった。ピンクの牝湿地は、すでにねっとりとした潤みを見せ、ヌメヌメといやらしく光っている。

子宮へと続く膣穴は、まるで喘ぐかのようだった。

ヒクン、ヒクンと、開口と収縮を間断なく繰り返し、そのたび煮こんだ愛蜜が、ほんの少しずつ胎路から漏れてくる。

あだっぽい裂け目の上部では、瑠璃色の肉真珠が包皮から顔を出していた。

パールは意外に大ぶりで、清楚な美貌やたおやかな物腰とのギャップに、大崎は身体がいっそう熱くなる。

「せ、先生……挿れさせてください、お願いです！」

勃起した肉棒を、大崎はどうにもできなくなっていた。

ぐったりと放心したようになりながらも、同時にまだなお狼狽の気配を潜ませる未亡人に、恥も外聞もなくねだって訴える。

「大崎さん。はあぁん……」

閉じようとするもっちり美脚を強引に開かせ、股の間に図々しく陣取った。反り返る肉棹を手に取るや、無理矢理角度を下へと変える。天部が突っ張って、幸せな痛みをジンジンと発した。

「先生、だめです、我慢できません。飯塚と同じですか？　お願いだから、そんな風に思わないで……だって和歌子先生がこんな姿で目の前にいたら……」

求める言葉は自然に上ずり、溢れんばかりの感情に満ちた。

暴れる和歌子にのしかかり、疼く亀頭でラビアを掻き分ける。いやらしくひくつく膣口にクチュリと亀頭を押しつける。

「はあぁん、ダ、ダメ、ダメです……今日はダメ――」

和歌子はうろたえた。

大崎は心が痛む。しかしそれでも男根は、もはや治外法権だ。

「許してください。最低の男だ。ああ、でも……でも――!?」

「きゃっ」

——ヌプッ。ヌプヌプヌプッ！

「はあああぁ」

「うお、おお、先生……あああ……」

これほどまでに、一人の女に横暴になったのは、いったいいつ以来だろう。

飯塚のことを笑えない。彼に怒りを覚えたのは、ライバル意識のせいもあったと、今さらのように思い知らされる。

「ああ、先生……俺ってば何てこと……とうとう……先生の中に……！」

ついに大崎は本懐を遂げ、猛る怒張を和歌子の膣に強引に飛びこませた。

ヌルヌルして温かなそこは、まさに異次元の快さ。男に生まれた悦びが、罪悪感とともに膨れあがる。

「あうう、お、大崎さん……大崎さん！　うあああぁ」

「うお、おおお……」

ズブズブと陰茎を狭苦しい肉洞の狭間に埋め立てていく。

和歌子の淫壺は、いやがる言葉とは裏腹に、すでに艶めかしくとろけきっていた。その上、じっとりと汗ばむ素肌より、さらに熱くて驚くほど狭い。

「くっ、くうぅ……和歌子、先生……あああ……」

「来ちゃダメ……い、挿れちゃダメェ……あああ、はあああぁ……」

和歌子はいやいやとかぶりを振り、腹の底を我が物顔で浸食していく牡の猛りに狼狽した。

しかし、極太に密着する狭隘なぬめり肉は、そんな持ち主の態度とは真逆の反応だ。

狭い膣路をミチミチと押し広げる、野太い雄棹におもねるかのようだった。波打つ動きでいやらしく蠕動しては、亀頭に、棹にとヒダヒダが競い合うように吸いついてくる。

「うおお……？　ああ、先生……信じられません……とうとう俺なんかが……先生を……」

大崎は根元まで、猛る勃起を膣奥に埋めきった。盛んに暴れたせいだろう、和歌子はますますその肌に、玉なす汗を噴き出させる。

そんな美肌に大崎の肌が、ぴたりと密着して擦れあった。

ヌルッと淫靡に身体が滑る。

大崎の胸に圧迫されて、和歌子の乳房が平らにひしゃげた。せつなく痼った二つの乳芽が、不意を突かれる灼熱感を胸板深くまで伝えてくる。

「うう、大崎さん……意地悪……大崎さんの意地悪……！」

百花に続いて和歌子にまで、同じことを大崎は言われた。

(先生、申し訳ない)

心で和歌子に謝罪しつつ、大崎は愛しの美貌に手を伸ばす。

濡れたように艶めく黒い髪が、頬や額にベットリと貼りついていた。彼女とひとつに繋がったまま、優しく髪を払い、形のいい額を丸出しにさせ、汗ばむそこにチュッと口づける。

「アァ……」

「ごめんなさい。でももう……自分を抑えられなかった」

「大崎さん……」

「お願いです、どうか感じて……俺一人だけがいい気持ちだなんて、やっぱり寂しいです、和歌子先生！」

「ひゃっ」

……バツン、バツン。

「あっはあぁ。あぁん、だめ、大崎さん……いやン、イヤン、ああああ」

「うわあ。き、気持ちいい！」

いよいよ大崎は、和歌子の中でペニスを抜き差し始めた。

吸いつく膣襞は、いっそ殺生なと叫びたくなるほどの快さ。いやがる未亡人とは裏腹に「動いて、動いて」とねだるかのように蠢動し、亀頭と棹におもねるように密着しては、

(うわあああ)

無数の蛭(ひる)でも潜ませていたかのようである。ちゅうちゅうとペニスを吸り立て、痺れるほどの射精衝動を煽り立てる。

「あぁン、大崎さん……あっあっ、ハアアァァ……さ、三回忌……私、まだ三回忌も……あああぁ」

「和歌子先生。和歌子先生」

大崎は我を忘れ、心地よい膣襞の感触に酔い痴れた。夢中になって腰を振り、

亀頭をヌメヌメに擦りつける。

そんな男根の激しい責めに、和歌子が平静でいられるはずもなかった。困ると思う気持ちに嘘はないだろう。三回忌が終わるまで待ってほしいという気持ちは心からのもののはずだ。

しかしそれでも——。

「あああ。ヤン、困る……困ります……はああ。はあああぁ」

大崎が動けば動くほど、和歌子は淫らに取り乱す。

たとえ気持ちは忌避していても、彼女の肉体は持ち主のせつない想いを裏切っていた。

ブチュブチュと背徳の汁を分泌させた牝洞は、理性や道徳心では抑えきれない彼女の本音を雄弁に伝えているのだろうか。

「おお、先生……先生のオマ×コが、俺のち×ぽを締めつけます!」

ペニスに覚えるとろけるような快感に、大崎は恍惚とした。

肉傘が微細な凹凸と擦れ合うたび、火花の散るような電撃が弾ける。

そのたび亀頭がムズムズと、尿意の一万倍はあるようなほの暗い甘酸っぱさに打ち震えた。

ひと抜きごと、ひと差しごとに、度しがたいほどの爆発衝動が膨張する。

「ああ、ダメ、大崎さん、ひはぁ、そんな……いやン、私……私ったら、ああ、どうしよう……はあああぁ」

「ううっ、和歌子先生!?」

和歌子の喉から我を忘れかけた淫らなよがり声が迸った。

驚いたのは、和歌子本人だ。

「んむぶぅ」

慌てて両手で口を押さえる。涼やかな瞳をギュッとつむり、乱れてしまう自分を持てあますかのように、何度も激しくかぶりを振る。

(おおお、興奮する!)

和歌子は大崎を昂ぶらせようとして、そんな姿を見せているわけではなかった。しかし大崎は、そうした未亡人の必死な様(さま)に、いっそう男の本能を狂おしいまでに刺激される。

「せ、先生……感じてくれてますか？　俺のち×ぽ、先生をいい気持ちにさせられてますか?」

しゃくる動きで腰を振り、膣奥深くまで怒張を抉りこんだ。

「んあああ。あああああ、お、大崎さん。ああああああ」

行く手を遮るかのように、亀頭を待ち受けてキュッと包むのは、とろみに満ちた子宮口だ。

そこがいやらしく発情しているのを大崎は感じた。膣襞だけではなく、子宮までもが波打って随喜の涙を流している。

見る見るさらにドロドロになり、「もっと来て。もっともっと」と盛んに訴えてでもいるように、潜りこむ亀頭を甘締めし、解放してはまた包む。

「おおお、せ、先生。気持ちいいんですよね?」

気持ちがいいはずなのは、火を見るよりも明らかだ。

性器が擦れ合う部分からは、グチョグチョ、ヌチョヌチョとはしたない汁音がさらに音量を上げて響く。

「し、知りません。知りません。ああ、困る……あああああ」

人が変わったかのような声を上げながらも、和歌子は懸命に踏ん張ろうとする。

漏れ出す声は、封印しようとする手のひらを軽々と押しのけて飛び出してくる。それでも盛んにかぶりを振り、艶やかな黒髪を狂ったように振り乱す。

「感じて……嘘をつかないで、感じて、先生。ここですよね、ここをこうされると、死ぬほど気持ちいいんでしょ!?」

大崎は悩乱する未亡人の色っぽい美貌を見つめながら、いっそう苛烈なしゃくり方で、ズンズン、ズズンとバズーカ砲をねじりこんだ。

「ひいいん。ひいいいい」

亀頭が容赦なくめりこんで刺激し続けるのは、和歌子が長いこと持てあましてきたはずのポルチオ性感帯である。

「先生、ここでしょ？　ねえ、ここでしょ？」

……ズン、ズズン。

「ああああ。うあああああ」

「気持ちいいって言ってください。先生、愛してる。愛してる」

「ああ、大崎さん、あああ。あああああ」

こんなにも清楚な美熟女から、このようなすごい声が出るものなのかと大崎は昂ぶった。あんぐりと大口を開けて咆哮する未亡人の美貌が見たいのに、和歌子はそれを拒むかのように、全力で大崎を掻き抱いた。

「和歌子先生」

「見ないで。こんな私の顔、お願いだから。ああ、どうしよう。どうしよう。ああ。うあああああ」

子宮に食いこむ亀頭の気持ちよさに、獣のような吠え声が迸った。

彼女の理性は、もはや風前の灯火(ともしび)だ。しかしそれでも耐えようとした。夫への罪の意識が彼女にそうさせる。

俺は今、いけないことをしてしまっている——。

そう思うと、大崎は後ろめたい背徳感までが、劫火のようなエクスタシーに変わるのを自覚した。

「おお、和歌子先生」

このままいつまでも、美しいこの人と性器の擦り合いに溺れていたかった。しかし我慢をしようと思っても、ひとつに繋がるこの人はあまりに魅力が強すぎる。

(も、もうだめだ!)

陰嚢の中でグツグツと、急ごしらえのザーメンが泡立ちながら沸騰した。内股のスジがキュンと突っ張る。

鳥肌のさざ波が、繰り返し背筋を駆け上がった。射精の瞬間が、襲い来る大波さながらに近づいてきたのを大崎は感じる。

「あああ、大崎さん……大崎さん。うああああああ」

——パンパンパン！　パンパンパンパンパン！

いよいよ怒濤の腰振りで、未亡人の胎肉をサディスティックに蹂躙した。無数の蛭が棲む膣襞をヌラヌラとカリ首で掻き毟る。さらに強烈な抉りこみで、子宮に亀頭のパンチを浴びせる。

「あああああ、いやあああ。そんなことしたら。ああああああ」

「気持ちいいって言って。先生、もうだめです。せ、精子が出てしまう！」

「あああ、大崎さん。顔見ないで。あああああ。いやらしい女です。ひどい女なの。おおおお。おおおおおおお」

とうとう和歌子の吠え声は「あああ」から「おおお」へとエスカレートした。

裸を密着させた大崎の身体にまで、よがり吠えによって起きる振動が絶え間なく伝わってくる。

不穏で激しい波音が、遠くから一気に近づいた。甘酸っぱさいっぱいの快美感が亀頭から閃き、糸を引いて四散する。

射精衝動は、いよいよ限界を迎えつつあった。汗まみれの女体を抱きしめると、互いの汗でヌルヌルと滑る。

大崎はそれでも、和歌子を掻き抱いた。

和歌子もまた、獣の咆哮を迸らせながら、しがみつくかのようにして、大崎の裸身を抱きすくめる。

「おおお。いやン、大崎さん……私……私イイイ！　ああ、あなた。あなたああ。おおおおお」

「ああ、先生、イク……」

「おおおおお！　おおおおおおおっ!!」

——びゅるびゅる、どぴぴ！　どぴゅどぴゅどぴゅ！

押し寄せてきた快楽の波が、大崎を飲みこみ、彼もろとも四散した。

白いしぶきが勢いよく上がり、大崎は意識を白濁させて、飛び散るしぶきのひとつとなる。

胸のすくような爽快感だった。天にも昇るかのようである。

青天井のエクスタシーに恍惚としながら、大崎はうっとりと射精の悦びに酔い痴れ、心の趣くままに陰茎を脈打たせる。

「あ……あああ、はうぅぅ……」

「……あ。せ、先生」

再び和歌子に意識が向いたのは、いったいどれぐらい経ってからだったろう。

軽く四回か五回ぐらいは、ペニスを脈打たせてからだった気もする。

見れば和歌子はビクビクと、派手に裸身を痙攣させていた。

見られることを恥じらうように、右へ左へと盛んに小顔を振りながら、感極まった艶めかしい声を上げ、アクメの幸せに溺れている。

フィニッシュは中出しだった。

和歌子の許しも得なかった。この世で一番の女性の膣に、心の趣くままザーメンを飛び散らせる至福は、何物にも代えがたい。

五十八歳の老いぼれなのにと、全能感すら大崎は覚える。だが同時に強く感じるのは、いい歳をして何をしているんだという懺悔の思いだ。

アクメに突き抜ける刹那、和歌子は「あなた」と亡夫を呼んだ。彼女が今は亡き夫に対し、申し訳なさを感じているのは明白である。

「すみません。俺、我慢できなくて……しかも、先生の中にまで……」

なおも極太を痙攣させつつ、大崎は和歌子を慮った。

すると熟女は、

「ああ……」

とろけたような吐息を零し、改めて大崎にしがみついてくる。

和歌子は何も言わなかった。

大崎も、黙ることにした。

二人の乱れた吐息だけが響く。

和歌子の心臓はドクン、ドクンと打ち鳴って、なかなか元に戻らなかった。

第五章　喪服の和歌子を抱きしめて……

1

（ああ、和歌子先生。素敵だ）

大崎は痺れるような感動を覚えていた。

いつも素敵な和歌子だったが、今日のこの美しさには、やはり特別なものがある。

場違いな感想であることは、言われなくても分かっていた。

会ったことのない彼女の夫への、罪の意識ももちろんある。

だが、しっとりとした黒い喪服に身を包んだ上品な未亡人は、ただそこにそうしているだけで、大崎を狂わせ、高級酒のように酔わせた。

大崎は、和歌子の家にいた。

ここは一階の仏間。

がらんとした六畳の和室には、いくつかのタンスの他には、亡夫の遺影や位牌の飾られた、意外に大きくしっかりとした仏壇があるばかりだ。

「……」

大崎は畳に端座して斜め後ろから和歌子を見る。

和歌子は仏壇の前に座り、目を閉じて両手を合わせていた。

シックな上品さを感じさせる着物は、黒紋付染め抜き五つ紋に黒共帯。黒い艶髪をアップにまとめ、うなじが剥き出しになっている。

細い首筋にもやつく後れ毛と、襟足に覗く半衿や、足袋の白さが眩しかった。

座布団の上に正座をし、背筋を伸ばす未亡人には、凛とした気品が漂っている。

香炉の線香から、紫色の煙があがっていた。

つい今し方、和歌子が鳴らしたリンの残響も、まだそこはかとなく、部屋の中に残っているようだ。

ようやく和歌子が合掌を終えた。

楚々とした挙措で座布団から身をずらし、大崎に場を譲る。

大崎は膝を進めて仏壇の前に出た。

新たな線香を点もさせてもらい、リンを鳴らす。居住まいを正して両手を合わせた。

(旦那さん……悪く思わないでね)

仏壇の中から亡夫の遺影が微笑んでいた。なかなかの男前で、爽やかさと優しさのどちらをも備えた風貌に思える。

大崎は心で彼に詫びた。

すでにこの夫が愛した女性とは、情を通じ合わせてしまっている。

しかもこれから大崎は、和歌子との絆をさらに強いものにしようと考えていた。亡夫には悪いが、自分もまた、彼と同様和歌子を愛してしまっていた。

引き返すことなど、もうできはしない。

(必ず幸せにする。ほんとだよ。だから、どうか俺を信じて)

そう念じながら、大崎はさらにこうべを深く垂れた。

「ありがとうございました……」

和歌子は目を伏せ、品良くお辞儀をする。

それに答え、折り目正しく会釈をした。

リビングルームへと場所を移していた。八畳ほどの広さのその部屋は、こうして改めて見回すと、とてもシックに調えられている。

壁紙は、落ち着いた色合いのオフホワイトだった。ダークブラウンの長細いローテーブルを囲むように、白いソファが並べられている。

壁際にテーブルと同じような色をしたサイドボードが置かれ、その上に薄型のテレビがあった。

雑然とした雰囲気とはほど遠い、落ち着いた部屋に思えるのは、必要最低限のものしか置かれていないせいもある。

配置された観葉植物の数々も、和歌子らしいセンスに溢れた部屋の中をいっそう品良く見せていた。

「ようやく……終わりましたね」

和歌子に出してもらった紅茶に口をつけ、ついしみじみと大崎は言った。

すると和歌子はチラッと彼に目をやって、

「ええ……」

か細い声で応える。

沈黙が部屋を支配した。大崎が和歌子に視線を向けると、喪服姿の美熟女は困惑したように視線を逸らす。

ようやく亡夫の三回忌が、先ほど菩提寺で滞りなく終わったのであった。

大崎は、あらかじめ約束をしていた時刻に、遅れることなく和歌子の家を訪ねた。和歌子は少し時間が押し、ちょうど帰ってきたところのようだった。

本当なら、亡夫の話でもひとしきり聞いてやるところなのかも知れなかった。

だが大崎は、もう長いこと、ずっと我慢をし続けている。

初めて情を通じ合わせたあの夜が、和歌子を抱いた最後の夜でもあった。あれ以来二週間、彼は和歌子からお預けを食らっている。

——主人の三回忌が終わるまで、待ってください。それが終わったら……。

はやる大崎を、和歌子はそう言ってやんわりとかわし、彼がどんなに望んでも、二度目のセックスは決して許そうとしなかったのであった。

血気に逸った若い男でもあるまいしと、笑いたい奴がいたら勝手に笑えと、大崎は思っている。

愛しい女性ととうとう情を交わすことができたというのに、そこから先へと進ませてもらえないフラストレーションは、経験したものにしか分からない。

それでも大崎は和歌子の気持ちを尊重し、今日までずっと耐えてきた。

そしてようやく、重要な儀式は終わりを迎えた。

これまで堪えに堪えた分、大崎はもう限界であった。

五十八歳の初老の男にだって、衝きあげられるような欲望は、当たり前のようにあるのである。

「………」

思いのすべてを視線にこめ、じっと和歌子を見つめた。

「ぁ……」

視線に気づいた未亡人は、明らかにうろたえる。哀れなまでにドギマギし、落ち着かない様子で視線を泳がせた。

「お、お紅茶、もう一杯いかがですか」

そう言うと、新たな紅茶を淹れるべく、白いソファから立ち上がる。

「先生」

そんな和歌子を制止するように言った。すぐさま自分もソファから立ち、喪服姿の未亡人に近づく。

「お、大崎さ……あっ……」

緊張する和歌子に、抗ういとまさえ与えなかった。

大崎は和歌子の手を取ると、グイッと自分に引き寄せる。

和歌子は足元をよろめかせた。彼の胸へと、不可抗力のように飛びこんでくる。美熟女の顎に手をやった。そっと小顔を上向かせる。

甘酸っぱい想いに胸を締めつけられた。大崎は未亡人の朱唇を奪う。

「んむぅ……大崎、さん……」

「和歌子先生……んっんっ……」

……ちゅう、ちゅぱ。ぢゅる。

強引に口を吸われ、和歌子は戸惑った様子で抵抗を見せた。

しかし口吸いを続ければ続けるほど、次第にその身体からは力が抜け始める。

「先生……舌出して……」

「大崎さん……」

「お願いです。ほら……ほら……」

「んあぁ……」

大崎は和歌子に舌を求め、まずは自分から突き出した。和歌子は羞恥に頬を染めながらも、彼に乞われるがまま、やがてそっと舌を差し出す。

「ああ、和歌子先生。んっ……」

「んむぅ、あン、いや……あはぁ……」

「だめ。舌、引っこめないで。ああ、ゾクゾクする。んっんっ……」

「むはぁ、ンはああぁ……」

舌と舌とを戯れあわせる、下品なベロチューに没頭した。

和歌子はうろたえ、何度も舌を引っこめようとするものの、大崎の言葉で再び舌をためらいがちに前へと突き出す。

そんな熟女のローズピンクの舌先に、ねろねろと舌を擦りつけた。

そのたびキュンと甘酸っぱい刺激が股間を駆け抜ける。スラックスの下でムクムクと、ペニスが硬さと大きさを増していく。

「はぁはぁ……あン、大崎さん……」

「恥ずかしがらないで……もう自分を解放してもいいじゃないですか、和歌子先生……終わりました、三回忌。全部終わったんです」

「ハァン、んっんっ、大崎、さん……ムッはあぁ……」

囁くような大崎の言葉に、硬かった心も、身体と同様少しずつ弛緩してきてくれたか……。

和歌子は清楚なその美貌をさらにほんのりと紅潮させた。涼やかな目元も潤み、どこかしらぼうっとしたような顔つきになってくる。

「ほら、もっと舌出して……先生、もっと……もっと……」

「はあぁ、大崎さん……んっんっ……」

（ああ、和歌子先生……エロい顔！）

自分でさせておきながら、求められるがままに舌を突き出す未亡人の顔に、大崎は背筋を震わせる。

もっともっとと乞われるため、思いきり舌を飛び出させていた。

そのせいで、楚々とした美貌が不様に崩れ、和歌子とも思えない品のない顔つきになっている。

左右の頬が抉れるように窪んでいた。

飛び出す舌に引っ張られるかのように、鼻の下の皮はおろか、鼻の穴までもが縦長に伸びて、その顔つきはかなり崩れている。

だが、そこがよかった。大崎は幸せだった。

和歌子は自分なんかのために、こんな表情にまでなってくれているのだ。

和歌子のこうした顔を見ることができるのは、彼女とベロチューをする栄誉を与えられた、特別な男にだけ許されたことなのである。

2

「先生、可愛い……俺、たまんないです……」

「んっんっ、大崎さん……恥ずかしい……あっ……」

甘酸っぱさいっぱいのベロチューをやめて舌を放す。

舌と舌の間に、粘つく涎の橋が架かった。ねっとりと重たげな橋は自重に負ける。U字にたわんで音もなく千切れた。

「和歌子先生……」

大崎は和歌子の手を取り、ソファへと導く。

和歌子は早くも、いくらか足元をふらつかせていた。彼に引っ張られ、倒れこむように、白いソファにくずおれる。

「きゃ」

「おおお……」

そんな和歌子に抱きついて、白い首筋に吸いついた。

「ハアァァン……」

もうそれだけで、和歌子はビクンと女体を震わせる。困惑した様子で首をすくめ、盛んに身をよじって尻をもじつかせる。

(すごく感じている)

大崎は、白いうなじにチュッチュと口づけ、舌で舐めては和歌子を責めた。

楚々とした美貌や奥ゆかしげな気立てとは裏腹に、彼女がけっこう敏感な肉体を持っていることは、先日の情交で明らかになっていた。

そんな和歌子を今日こそは本当に解放させ、一匹の獣に変えてやるのだ。それこそが、自分という男を好いてくれたこの人の新たな旅立ちにもなるはずだと、大崎は本気で信じていた。

「はぁぁん、大崎さん……」

「感じてますね、先生……はぁはぁ……いいんです、感じるんです。こんなことされたら、女の人なら誰だって感じる」

「大崎さん」

「感じてください。いやらしくなってください、先生。本当の先生、俺に見せて……ずっとずっと、今日のこの時を待っていたんです！」

「ひゃっ」

大崎は万感の思いをこめて言うと、いきなり次の行為に移った。

喪服姿の未亡人の身体を強引に反転させると、力任せにソファの上に上げ、背もたれに身体を預けさせる。

和歌子は意志とは関係なく、四つん這いのポーズを強いられる。

「やっ……ちょ……お、大崎さ――」

「スケベなことしますよ、先生。先生のことが大好きです。好きな女性の前でとんでもないスケベになるのが、男という生き物なんです」

「ええっ!?　きゃあああ」

大崎は宣戦布告のように言うと、黒い喪服に指を伸ばした。

眩しいほどに白い肌襦袢（はだじゅばん）ごと、下半身から豪快なまでにたくし上げる。

「あああ、いやあ……」

「おおお、和歌子先生……！」

中から露わになったのは、むちむちと肉感的な美脚と、迫力たっぷりに盛り上がる扇情的なヒップの眺めだ。

すべらかな足がくの字に曲がり、膝がソファに食いこんでいた。繊細さを感じさせる足の先を包むのは、汚れひとつない真っ白な足袋である。

艶光沢を放つもっちり足は、男なら舌なめずりをしそうな色っぽさ。厳粛な和装の喪服を着ていながら、その喪服が腰の上までめくり上げられ、尻が丸出しという官能的な光景にも、衝きあげられるようなエロスがある。

「おおお……」

大崎の熱視線は、足から肉尻に向けられた。

パンパンに張りつめた大きな尻を包んでいるのは、何の変哲もない地味なベージュのパンティである。

パンティは、盛り上がる臀肉に吸いついてでもいるかのようだった。

二つの尻肉が一つにくっつく臀裂の部分が、あだっぽく窪んでいる様にも大崎はそそられる。

「ああ、和歌子先生！」

思わず鼻息が荒さを増した。大崎は両手を伸ばすや、熟女の尻に貼りついた、ベージュの下着を一気にズルリと腿まで下ろす。

「はあぁぁん。いやあぁ……」

背もたれに手を突いた未亡人は、羞恥に染まった声を上げた。

喪服に包まれた背筋をしならせ、天を仰ぐ。太腿の肉がプルプルと震え、脹ら脛の筋肉がくぽっと締まって盛り上がった。

剥き出しになった尻もまた、健康的に震えている。白い肌に肉のさざ波が広がり、谷間の底では肛肉がヒクンといやらしく収縮した。

「おおお、せ、先生……」

和歌子のアヌスは乳輪と同じ、あでやかなピンク色をしている。

エロチック極まりないその色合いにも興奮し、たまらず大崎は臀肉を掴むと、突き出した舌を秘肛に突き立てた。

「はあァン。あぁ、ダメエェ……」

「おお、先生……お尻の穴がこんなにヒクヒクして」

「いやン、いやン。そんなこと言わないで。ああン、そ、そんなとこ舐めたら……はあああぁ……」

……ピチャピチャ。ねろん。レロレロ。

いやがる和歌子はプリプリと、右へ左へとヒップを振りたくった。

大崎はそんな熟女の二つの尻をガッシと掴んだまま、舌を激しく跳ね躍らせる。アヌスの皺々を盛んに舐めた。硬く締まらせた舌先を肛門に突き立て、中にまで潜らんばかりの激しさで、肉の窄まりを何度もしつこくほじり立てる。

「はあああぁ、ああ、そんな……ダメ、大崎さん、そんなとこ舐めちゃ……あっあっ、あっあっあっあっ、はあああぁ」

いよいよ和歌子は今日もまた、本気でよがり、乱れだす。それを証拠にその声は、次第に我を忘れたような、取り乱した音色に変わってくる。

(ああ、すごく甘酸っぱい匂いが……)

執拗に尻を舐めながら、温室の扉を開けた途端に感じるようなモワンとした熱気を大崎は感じた。

それと同時に鼻腔に飛びこんできたのは、喉の奥までツンとくる、濃厚でコクのあるアロマである。

「はあァん。はああァん」

大崎はアヌスから舌を放すと、人差し指でほじほじと、ひくつくアヌスを刺激した。

そうしながら体勢を変え、蟻(あり)の門渡(とわた)り越しに見える、究極の牝湿地に視線を釘付けにする。

(おお……和歌子先生……)

ふっくらと柔らかそうなヴィーナスの丘に、今日もまた卑猥な裂け目が蓮の花状に開花していた。

ローズピンクの粘膜は、たった今切断したばかりのローストビーフでも見ているかのようだ。

しかもこのローストビーフには、たっぷりと蜜がまぶされている。妖艶に窪んだ肉穴から、ひくつくたびに粘っこい淫欲の汁が溢れ出した。

「あっあっ、はあぁぁ、や、やめて、大崎さん……あぁ、そ、そこ……そんなことしないで……はあァン」

肛肉を指先でソフトにほじられた未亡人は、せつなげによがり声を切迫させた。いやがる動きで肉尻が、さらに激しく左右にくねる。

しかし同時に、熟女の膣穴からは随喜の涙が溢れていた。口では拒んでみせながらも、火の点いた肉体の本音が違うことはやはり自明の理であろう。

「はぁはぁ……和歌子先生、お尻より……こっちの方がいいですか⁉」

問いかける声は、いやでも獰猛さを増した。

大崎はなおも秘肛をほじりつつ、今度は突き出した長い舌を、ヌメヌメと光る羞恥の極唇に突き刺した。

「ハヒイイィ」

「おお、すごいヌルヌルして……和歌子先生！」

舌先に感じるぬめりのすごさに恍惚としながら、大崎は舌を躍らせる。和歌子の媚肉を夢中になって、上へ下へと舐めしゃぶる。

「うあああ。あああああ。あぁ、いやッ、ダメ、はあああ」

肛肉をほじられながらの激しいクンニに、和歌子はますます自分を失った。左右どころか、上下にまで艶めかしくヒップを振りたくり、ソファから膝を浮かせては、エロチックな声を跳ね上げる。

「先生……舐めれば舐めるほど、スケベな汁がどんどん出てくる」

「い、いやッ。いやあああ。ハアァァン」

半分は興奮のせい、だがもう半分は和歌子を辱めるためだった。クンニとアヌスほじりを続けつつ、目にする眺めを言葉にする。

ドロドロの汁にまみれた牝貝は、歓喜のひくつきを繰り返した。

蠢くラビアは、殻から飛び出す貝肉を思わせる。濡れたビラビラは淫らな悦びを伝え、舐められるたび、蝶の羽さながらに開閉しては、

……ブチュ。ニヂュチュ。

「ああァン、やだ、私ったら……出ちゃう……いっぱい出ちゃうンン！」

和歌子にもあるまじき品のない音を立て、新たに煮こんだ欲望の蜜を、とろける牝口から分泌する。

「何が出るの、先生。何が出ちゃう？　んっ……」

大崎は墨を噴くタコのように唇を窄めた。一滴たりとも漏らすまいとでもするかのように、和歌子の蜜穴にむしゃぶりつく。

「ヒイィィン。ああああ。うあああああ」

ぢゅるぢゅると、いやらしい啜り音を立てて愛蜜を吸った。

淫靡にとろけた粘り気の濃い液体が、いくつかの塊状になったまま、ドロッ、ドロドロッと大崎の口中に飛びこんでくる。

同時に彼の鼻腔には、熟れた果実を彷彿させる甘ったるい香りが鼻の奥にまで広がった。

「ああああ、啜らないで。大崎さん、啜っちゃいやああ。あああああ」

発情湿地を狂おしいほど吸い立てられ、和歌子はいやらしく取り乱す。

しかも大崎はその指で、なおもほじほじとアヌスをほじった。

「ほじほじはいいの？　お尻ほじほじほじは続けてもいい？　んっんっ……」

「ヒイィン。お、お尻ほじほじもいやあぁ。ほじほじ困る。ほじほじ困るのおお。アァン、ほじほじしながらそんなにいっぱい啜られたら。あああああ」

　取り乱す和歌子の動きが激しくなった。

　これはそろそろイキそうだぞと思い、一段と興奮する。湿った肛門を浅黒い指で、熟女のザクロ肉をぬめる舌先で責め嬲る。

「啜られたらどうなっちゃう？　汁出ちゃう、先生？」

……ぢゅるぢゅる。ぢゅるぢゅるぢゅる。

（さあ、先生。イッて……イッて！）

「あああ。うあああああ。し、汁。汁出ちゃう！　そんなに啜ったら汁が。ああ、汁。汁出ちゃうンン。お尻ほじほじもダメエエ。あああああ！」

……ビクン、ビクン。

「おお、先生……あっ――!?」

　ついに和歌子は官能の頂点に突き抜けた。ソファの背もたれに飛びこむように身体を投げ出す。

火照った身体が不随意に、派手な痙攣を見せつけた。

背もたれに体重を預けるようにして、むちむちした二本の足を逆V字に開いてぐったりさせる。

「あぁん、い、いやッ……！　見ないで……！　はあぁ、はあああぁ」

「うおお、先生……？」

そんな和歌子の牝唇から、潮の飛沫がブシュッ、ブシュシュッと勢いよく飛んだ。痙攣するたびついつい力んでしまうのか、快美な擦過音を立て、肉割れから透明な汁が四散する。

「ああ、先生……なんていやらしい……はぁはぁ……こんなに感じて……潮まで噴いて……これ、潮っていうより、もうおしっこですよね？」

痺れるような昂ぶりを覚えながら、大崎は和歌子に言った。

「あぁぁん、そんな……見ないで……お願い……いやン、は、恥ずかしい……はあぁ、あっはあぁぁ……」

淑やかな喪服に身を包み、下半身を丸出しにした未亡人は、落花無残の態である。見られることを恥じらうように必死にヒップを振りつつも、思うように力が入らない。

右へ左へと尻をくねらせた。まん丸な二つの肉を震わせながら、噴水さながらに汁を噴いては、再び収束させ、またしても噴く。

ソファはもう、淫らな液体でビチャビチャだった。

飛び散る潮は床にまで降り注ぎ、地面を打つ雨だれのような音を立てて、いくつもの水溜まりをそこに作る。

3

「ああ、先生……俺、もうたまりませんよ!」

清楚な和歌子とも思えないはしたない濡れ姿に、いやでも燃えた。

一張羅(いっちょうら)のスーツはとっくに脱いでいたが、ネクタイをはずし、毟り取るようにシャツを脱ぎ、スラックスを下ろした。

続いて下着も脱ぎ捨てる。

今日もまた、還暦間近の肉体を恥ずかしげもなく愛しい人に晒す。

「はあぁ、大崎さん……」

和歌子に体位を変えさせ、再びソファに座らせた。

しかしただ座らせるだけではない。豊満な身体をズルッと引っ張り、背中の下半分がずり落ちて、シートに食いこむようにする。

「あああ……」

和歌子の美貌は、完全にとろけきっていた。発熱したかのようにぼうっと腫(は)れぼったさを増し、潤んだ瞳の焦点は、どこか完全には合っていない。

そんな未亡人にガバッと足を開かせた。慎ましやかなこの人に、させてもいいものとは思えない大胆極まりないM字開脚を強要する。

「大崎さん……はああァン……」

和歌子はもう、抗おうとはしなかった。キャラにもあるまじきガニ股姿に貶められながら、濡れた瞳で大崎の股間をチラッと恥ずかしげに見る。

大崎のペニスは、今日もはやビンビンだった。このところ、勃起のたびにそれ以前より、硬度と反り具合をいっそうまがまがしくしている気もする。

「先生、もう我慢しませんよ。今日こそ完全に、先生を俺のものにします」

大崎は言うと、蹲踞の体勢に腰を落とした。物欲しそうに卑猥にひくつく和歌子の裂け口に、クチュッと亀頭を押しつける。

甘酸っぱさいっぱいのムズムズ感が、ペニスから背筋に広がった。

「あはアァ、お、大崎さん……」

「乱れてくれなきゃいやです。ほんとの先生を見せてください。亡くなったご主人しか知らなかった……ほんとのいやらしい倉木和歌子を！」

「ひはっ」

——ヌプッ。ヌプヌプヌプヌプヌプゥ！

「うあああぁ。ああ、大崎さん……ああああああ」

「うお、おおお……」

ついに大崎は腰を突き出し、熟れた果肉に亀頭を突き入れた。たっぷりの蜜でぬかるむ牝アケビは、はっきり言って前回以上のぬめりっぷりだ。

そんな魅惑の肉路に、ズブッ、ズブズブッと猛る極太を埋めていく。

「あああ。あああああ」

それだけで、もうとんでもない気持ちよさなのだろう。和歌子は背筋を仰け反らせ、あんぐりと開いた口の中から、喉チンコまで大崎に晒す。

「くうぅ、和歌子先生……」

大崎は、やがて根元までペニスを埋めた。和歌子の喪服に手を伸ばし、ぴたりと重なる胸の合わせ目を豪快に左右に掻き開く。

「はあぁぁ……」

ブルンと震えて飛び出したのは、ベージュのブラカップに包まれたGカップのおっぱいだ。

大崎は大きなカップに指を潜らせ、たわわな乳肉から上へとずらす。

「はぁん、ダメェ……」

「おお、きょ、今日もおっぱい、なんていやらしい……！」

遮るもののなくなった豊満な巨乳は、すでにじっとりと汗で湿っていた。

その上ピンクの乳勃起は、痛いのではないかと思うほど、すでに硬く屹立しきっている。

掻き開いた喪服の生地が、左右からじわじわと二つの乳房をせり上げた。そのせいで、たわわな乳房がいびつにひしゃげ、変な角度に乳首を向ける。

「ああ、大崎さん……大崎さん！」

「おお、和歌子先生！」

和歌子は柳眉を八の字にたわめ、訴えるような目つきで大崎を呼んだ。

言葉にこそしないものの「動いて。動いて」と求められているように大崎は感じた。

そうした熟女の色っぽい訴えに、呼応しないわけがない。むちむちした白い内腿に、十本の指をサディスティックに食いこませるや、

……ぐぢゅる。ぬぢゅる。

「うあああああ。ああ、大崎さん。うあああああ」

淫らに疼いているだろう胎肉の中で、ゴリゴリと怒張を抜き差しし始めた。

ペニスを食い締める肉裂からは、粘つく重たげな汁音が響く。その持ち主の喉からは、恥も外聞もないよがり声が跳ね上がった。

（ああ、気持ちいい！）

大崎はたまらず恍惚となり、天を仰いでため息をついた。

肉傘と擦れ合う牝襞は、相も変わらぬ猥褻さで無数の蛭を暴れさせる。波打

つ動きで蠕動しては、微細なヒダヒダの一つ一つを亀頭と棹に吸いつかせる。

「あはあぁ。いやン、大崎さん……ああ、どうしよう……私……私イィ！」

「くうぅ、せんせ、い……あああ……」

和歌子の媚肉は、気を抜けばすぐにも精を吐いてしまいそうな快さだった。

とろけ加減も、その狭隘さも蠢動ぶりも、夢かと思う艶めかしさだ。

もうそれだけで、大崎は天にも昇る至福感。だが彼は、乱れる和歌子の姿にも、よけいに痴情を煽られる。

「か、感じる、先生？　オマ×コ感じる？」

下品な卑語責めで和歌子を刺激した。

その途端、言うに言えないせつない昂ぶりを訴えるかのように牝貝がヒクンと怒張を締めつける。

（うおお……？）

「ああ、大崎さん……大崎さんンンン！　はぁはぁ……はぁはぁはぁ！」

そんな大崎の野卑な責めに、和歌子は苦しげに息を荒げた。

清楚な美貌とたおやかな笑みの裏に隠し続けた、誰にも言えない牝の本音が噴き出すかのように露わになってくる。

「ねえ、感じる、和歌子せんせ――」

「わ、和歌子って」

「……えっ？」

大崎は聞き返した。すると、

「和歌子って。呼び捨てにしてください。もう先生なんて呼ばないで……！」

和歌子は熱っぽい感情を孕ませた、震え声で訴える。

「おおお……」

「和歌子でいいの。呼び捨てでいいの。偉そうにして。私を大崎さんのものにして。こんな女でいいのなら。こんなはしたない女でいいのなら！」

「おお、わ、和歌子……ああ、和歌子おおおっ！」

「ああああ」

……バツン、バツン、バツン。

「ハアァン、大崎さん。いやン、奥！　奥に来る！　いっぱいいっぱい奥に来るンン！」

こみあげる歓喜は、自然に獰猛な腰使いに変質した。

喪服から、恥ずかしい局所とむちむち美脚を露わにさせられた未亡人は、二目と見られぬガニ股開きに辱められたまま、ぬめる秘肉をヌポヌポと牡スリコギでほじられる。

黒い胸元から窮屈そうに飛び出した、色白の乳房がたゆんたゆんといやらしく揺れた。

それぞれの方角に無理矢理向かせられた乳勃起が、ピンクの肉実を震わせる。

「ヒイィィン。ヒイイィ」

発情した子宮が、めりこむ亀頭に驚喜しているのは明らかだった。

盛り上がる子宮が波打つように蠢動し「気持ちがいいの、いいのいいの」と訴えてくる。

キュッと窄まった子宮口にカリ首を締めつけられ、大崎の身体にもビリビリと耽美な電気が駆け抜ける。

「お、奥、気持ちがいい、和歌子？　ねえ、気持ちがいい？」

大崎はしつこく問い詰めた。前回は、結局答えてもらえなかった。そのリベンジを、何としてでも果たしたい。

「うあああ。大崎さああん。ああ、食いこむ。食いこむ食いこむンンン」

鈴口でポルチオ性感帯を抉りこまれ、和歌子は一段と取り乱した。

自由にならない熟れ女体を激しく左右に暴れさせては、何よりの答えのようにキュンキュンと子宮と膣襞であだっぽく肉棒を締めつける。

「ねえ、気持ちいい、和歌子。言って。ねえ、言って」

「うああ。あああああ」

「和歌子！　気持ちいい？」

「き、気持ちいい。大崎さん、奥、気持ちいい！」

それはもう、いつもの和歌子の声ではなかった。

性器で牡とひとつに繋がる、あられもない牝がここにいる。ただただ生殖の悦びに、身も蓋もなく酔い痴れる。

「奥ってどこ？　どこの奥⁉」

猛然と腰を振り、亀頭を膣襞に擦りつけては、ズズンと膣奥に強い一撃をお見舞いした。

疼く子宮を蹂躙され、和歌子は「ヒイイィ」とよがり悶える。堪えがきかないとでも言うかのように、喪服に包まれた身体をバウンドさせた。

「あああ、大崎さん、気持ちいい。気持ちいいのおお」

「どこが？　ねえ、和歌子、どこがいいの⁉」

「あああああ。オ、オマ×コ。大崎さん、オマ×コおおおっ」

（ああ、とうとう言った！）

ガッツポーズを決め、快哉の咆哮を上げそうになった。

悦びが、いっそう嗜虐的な征服欲に変わる。もう一度、愛しいこの女をイカせてやろうと、怒濤の勢いで腰をしゃくった。

――パンパンパン！　パンパンパンパン！

「あああ。気持ちいいの。気持ちいい、気持ちいいンンン。大崎さん、オマ×コ感じちゃう。もうダメ！　イクッ！　イクイクイクゥ！」

「いいよ、イキなさい。思いきりイクんだ！　そら！　そらそらそら！」

「おおお、とろけちゃうンン！　おおおお！　おおおおおおおおっ‼」

……ビクン、ビクン。

再び和歌子は激甚な絶頂痙攣に身を委ねた。

強烈な電気の流れる電極でも押し当てられたかのように、ズルッと背もたれから完全にすべり落ち、なんといやらしく白目まで剥いて、

「おう。おう。おおう」

派手に身体を震わせながら、エクスタシーの電撃に耽溺する。

いっときも休むことなく身をよじり、顔を振り、今この瞬間の幸せを、何もかも忘れて貪ろうとする。

「わ、和歌子……はぁはぁはぁ……」

もう少しで、大崎も達してしまうところだった。

肛門を必死に窄め、吐精の誘惑を退けて、この美しい女への劫火のような肉欲をさらに轟々と燃え盛らせる。

「おお、和歌子……」

……ちゅぽん。

「——きゃ。だめえええぇ」

名残惜しさを覚えつつ、膣からペニスを引き抜いた。

「うおおお……？　ああ、すごい……」

その途端、男根の後を追いかけようとでもするように、大量の潮が勢いよく、ビュッ、ビュビュッと噴き出してくる。

「いやあ。いやあああ」

先ほども思ったが、潮というより、もうこれは失禁だ。

せつなさにかられて和歌子が息むたび、噴水さながらの豪快なしぶきが、ピュー ッ、ピュー ーッと放物線を描く。

品のない熱い汁は、大崎の裸身にも音を立てて当たった。

これまでずっと間近で見てきた、この女のふだんの姿との激しいギャップに、大崎はたまらなくいい気分になる。

4

「ほら、おいで、和歌子……」

可愛い和歌子はぐったりと、アクメの余韻に打ち震えていた。

そんな熟女の細い手首を取り、強引にソファから起き上がらせる。

「はあぁん、大崎さん……？　えっ……えっえっ……？」

いったい大崎が何をしようとしているのか、まったく分からないようだった。

和歌子は彼に引っ張られ、足元をもつれさせて転びそうになりながら、必死に彼の後を追う。

リビングを出た。廊下を横切る。

「――ひっ」

やがて和歌子の表情が、驚きのそれに変わった。こともあろうに大崎が、仏間へと足を踏み入れたからだ。

「えっ。あの、お、大崎さん……⁉」

「今度はここで、いやらしいことをするよ、和歌子」

「ええっ⁉　ここでって。ちょっと待って、大崎さ――きゃあああ」

うろたえる和歌子は美貌を引きつらせ、大崎の手を振りほどこうとした。

しかし大崎は許さない。

踏ん張ろうとする熟女を無理矢理引っ張ると、亡夫の遺影が優しく微笑む仏壇の縁に両手を突かせる。

「大崎さん⁉　ハアアァァン……」

立ちバックの体位を強制され、和歌子は戸惑った。

「待って。待って待って待って待って」

「待たないよ、和歌子……ああ、和歌子！」

だが大崎は、そんな未亡人に有無を言わせない。下半身を覆いそうになっていた喪服の裾を、再びガバッとめくり上げる。

「ああああ」

プリプリと震える、白桃さながらの豊熟ヒップを鷲掴みにした。いきり勃つ肉棒を、またしても秘割れに、ヌプッ、ヌプヌプッとねじりこんでいく。

「ひはあああああ」

その途端、和歌子の喉から迸ったのは、あられもない吠え声だ。歓喜の極唇をズブリと肉槍でひと突きされ、背筋をしならせ、天を仰ぐ。

白足袋を履いた足元は、爪先立ちになっていた。筋肉を締まらせ、太腿の肉を震わせるもっちり美脚が小刻みに痙攣する。

「はあぁ、お、大崎さ、ん……あああぁ……」

和歌子が両手に掴んだ仏壇がカタカタと揺れた。優しい微笑を浮かべたまま、亡夫の遺影も一緒に揺れる。

「さあ、和歌子……見てもらおう、俺と和歌子のこと。もう、昔の旦那さんに隠したくないんだ！」

「ひはっ」

……バツン、バツン、バツン。

「あああああ。ああ、困る……こんなところで……この人の前でエェェ。はあああ。あおおおおおう」

和歌子は仏壇を掴んで、不様にヒップを突き出していた。

そんな未亡人の腹の底に裂けた、卑猥で気持ちのいい肉穴の中で、大崎はヌチョヌチョ、グチョグチョと疼く雄根を抜き差しする。

「ああ、和歌子……こんなに濡らして……ああ、ち×ぽが疼く！」

「ひいいぃん。んひいいいぃ」

すでに二度までも頂点に突き抜けた和歌子の膣は、ねっとりと大量の粘りに満ちていた。

その上淫らな胎肉は、壮絶な欲求不満にかられでもしているかのように、それまで以上に波打っては、大崎のペニスに吸いついてくる。

亀頭が絶え間なく、ジンジンと痺れていた。恍惚神経が剥き出しになったかのような肉の塊は、もういつ暴発してもおかしくない。

(くうぅ⁉)

それでも大崎は痩せ我慢をした。

和歌子はもちろん、彼女の亡夫の前でも見栄を張った。

こうして和歌子を責め立てることで「俺たちは生きているんだ」と自分たちにも亡夫にも訴えたかった。この女に責任を持つことを仏壇の遺影に訴え、彼から本当にこの愛しい人を奪いたかった。

「おおう。おおおう。ああ、大崎さん……ううっ、あなた……あなたああ」

バックからガツガツと突かれるたび、喪服の美女は前へ後ろへと熟れ女体を揺さぶられる。

和歌子は盛んに、仏壇の中の亡夫を気にした。しかし彼女のせつなく疼く肉体が、もはや大崎を拒めないのは、火を見るよりも明らかだ。

「見られてる、和歌子？　俺たちのこと、ダンナさんに見られてる⁉」

怒濤の抉りこみで膣襞を掻き毟り、最奥部の子宮にズンズン、ズズンと亀頭をめりこませながら、声を上ずらせて大崎は聞いた。

「ひいい。み、見られてる……大崎さん、私、見られちゃってるンン」

和歌子はもう大興奮だ。気が違ったような声を上げ、盛んに左右にかぶりを振った。あんぐりと開いた小さな口から、涎の雫が糸を引いて飛び散る。位牌が、香炉が、リンが揺れ、仏壇の背面が壁と擦れる。

「何を見られてるの？　ねえ、和歌子、前のダンナに何を見られてる⁉」

「うあああ。あおおおおお」

(ああ、マ×コがち×ぽを締めつける！　き、気持ちいい！)

膣肉にムギュギュと男根を搾られ、たまらず大崎はドロリとカウパーをヒダヒダに漏らした。透明ボンドのようなそれを、いきる亀頭でヌチョヌチョとヒダ肉に練りこみ、内緒で染み渡らせていく。

「ひいィン、大崎さん。ああ、どうしよう。大崎さああん」

和歌子の喉から、ひときわケダモノじみた吠え声が迸った。

あまりの肉悦に我を忘れた未亡人が、こんな禁忌な状況だというのに、もはや理性も道徳も、完全にかなぐり捨てたのが大崎には分かる。

「ああ、和歌子！　ねえ、ダンナに何を見られてる!?」

「おおお。おおおおお」

「和歌子！」

「セ、セックスしてるの見られてる！　仏壇の前で……好きになった人とセックスしてるの見られてるンンン！　おおおン。おおおおンン」

（ああ、すごい声！）

未亡人の朱唇からは、日頃の彼女とは落差のあるいやらしいよがり声が弾けた。それと同時に肉スリコギで盛んに掻き回す牝洞からも、濃密なシロップを掻き回してでもいるかのような、粘りの濃い汁音がボリュームを上げる。

性器の繋がる部分を見れば、和歌子の膣は練乳でも溢れ出させたようになっていた。白濁した蜜をダラリ、ダラダラと分泌させ、大崎のどす黒い陰茎にも、ねっとりと白いものを付着させせる。

（も、もうだめだ！）

どうやら我慢も限界のようだった。

大崎は和歌子のヒップを掴み直す。もう一度ググッと腰を落とし、怒濤のピストンで胎肉をサディスティックに刮(こそ)げる。

――パンパンパンパン！　パンパンパンパンパン！

「うおおう。おおおおう。ああ。気持ちいい。あなた、ごめんなさい。この人が好きなの。ち×ちん気持ちいい！　いやん、おかしくなるウゥ！」

大崎の繰り出すラストスパートのピストンに、和歌子もさらに狂乱した。

涼やかな瞳から涙の雫を溢れさせ、嗚咽しながら生殖の卑猥な悦びにどっぷりと溺れる。

「き、気持ちいい？　ダンナの前なのに他のち×ぽ、マ×コに入ってる⁉」

「おおう、入ってる！　夫の前なのに、マ×コにち×ちん挿れられて、奥までいっぱい抉られて！　うおおおう。気持ちいい！　あなた、私、気持ちいい！」

揺れる遺影に和歌子は叫んだ。

胸元に飛び出したおっぱいが、汗を滲ませながら激しく踊る。

仏壇が揺れる不穏な物音が一段と高まった。

パンパンと肉が肉を打つ、生々しい爆ぜ音も狂騒的に響く。

「くぅ、和歌子⁉」

唸りをあげた精液が陰茎の芯をせり上がりだした。髪の生え際に汗が噴き出す。大崎は奥歯を噛みしめて、熟女の膣洞を亀頭で掻き回す。

「あああ。あああああ」

未亡人の女体から、ぶわっと汗が噴き出した。汗のアロマが上気のように、大崎の顔面を撫で上げる。

「はあぁぁん、イグッ！　イッぢゃう！　もうだめえっ！　おおおおお」

「ああ、出る……」

「おおおおっ！　おおおおおおおおっ‼」

――どぴゅ！　どぴゅどぴゅ！　びゅるる！　どぴどぴどぴぴっ！

ついに二人は、オルガスムスに突き抜けた。

和歌子はビクビクと派手に女体を痙攣させ、アクメの悦びに打ち震える。

（ああ、和歌子！）

清楚な美女は、完全に白目を剥いていた。わなわなと震える肉厚の朱唇から、糸を引いて涎が滴る。

二人は動きを止めていた。代わりに激しく暴れているのは、膣奥深く突き刺さった大崎の野太いいきり肉だ。

ドクン、ドクンと雄々しく何度も震えては、水鉄砲の勢いで濃厚なザーメンをぶちまけた。歓喜にひくつくヌルヌルの子宮に、ベットリと、かつねっとりと、我が物顔でとろけた糊(のり)状の汁を塗りたくる。

「はううぅ、大崎、さん……」

「和歌子……和歌子……」

和歌子はいつまでも、絶頂の恍惚感に酔い痴れていた。

大崎もだった。

二人はひとつに繋がったまま、ようやく手に入れられたかけがえのない幸せに、時の経つのも忘れて溺れ続けた。

終章

「おめでとう！」

「和歌子先生、嬉しそう～」

「幸せ者よね、大崎さん」

サークルメンバーたちの拍手と歓声が部屋の中に響いた。彼女たちの祝福を受けながら、一緒に並んだ大崎と和歌子は照れ臭さに顔を熱くする。

和歌子の夫の三回忌だったあの日から、一年ほどが経っていた。

今日は二人の結婚を、「ごちそうさまの会」のメンバーたちがみんなで祝ってくれている。

地元で人気のイタリアンレストランを借りきってパーティが催されていた。

パーティは立食形式で、大崎と和歌子の挨拶が終わると、早くも店の中は思い思いにはしゃぐみんなの声で、かまびすしいことになり始める。

「やったわね、大崎さん」

「や、弥生さん。ありがとう」

「おめでとうございます、大崎さん」

「百花ちゃん……」

ワイングラスを持った弥生とウーロン茶片手の百花に、仲よく挨拶をされた。

いつしか大崎は、和歌子と離ればなれになり、新妻とは別々にみんなの祝福を受けている。

「それにしても、まさかほんとに先生と結婚までしちゃうなんてね〜」

「ね〜。真面目そうな顔して、大崎さん、けっこうやり手だったんですね〜」

「い、いやいや。そんな。あはは……」

（ありがとうね、弥生さん、百花さん……）

二人と賑やかに話しながら、大崎は心で感謝をした。弥生と百花がいなかったら、和歌子とこんな風に結ばれていたかどうか、本当に分からない。

彼女たち二人に勇気をもらい、胸を張って和歌子の前に立つことができたのだ。そしてその結果、大崎は最愛の女性を手に入れられたばかりか、彼のスキルを買って以前から誘ってくれていた友人の会社にも再就職を果たし、本格的に第二の人生を始めていた。

息子たち夫婦も、突然紹介された和歌子に心底驚いた風だった。

だが二人とも、和歌子の人柄にすぐに好感を抱いた。

そして今では心から、新しい母親と老いた父の新たな旅立ちを祝福してくれている。息子の嫁と和歌子など、すでにちょっとした友だちのような関係だ。

本当に、あっという間の一年だった。

その間、実は弥生と百花にも、その人生には大きな変化があった。

弥生は夫と離婚をし、女一人で新たな道を歩みつつあった。出会い系アプリで知りあった新たな恋人と、目下熱烈な恋愛関係を継続中だ。

一方の百花は、あれから夫との関係を劇的に回復させた。それどころか何と今は、大きなお腹を抱えてすらいる。

二人とも、とても幸せそうだった。

そんな弥生と百花を見ていると、大崎も、我がことのように嬉しくなる。

ちなみに飯塚は、とっくに街を離れていた。

いくら面（つら）の皮が厚くても、あそこまで和歌子にしてしまっては、さすがにもう、ここでは暮らせなかったようだ。

「大崎さん、今度遊ばせてもらいに行くから。ね、百花ちゃん」

「ええ、行きますー！　二人が毎日エッチしてるいやらしいお家～！」

「でもって、昔のこともついでに暴露しちゃったりなんかして」

「あ、それいいですね！　あはははは」

「おいおい……」

弥生と百花にきゃあきゃあとからかわれ、大崎はたまらず冷や汗を噴き出させる。

「冗談よ。安心なさい」

弥生がそんな彼の耳元に顔を近づけ、優しい声で囁いた。百花も弥生に同意するように、そっと可愛くウインクをする。

そんな二人に大崎は、まいったなと苦笑した。

これからも、こんな風にこの二人とも、仲よく友人関係を続けていけるかと思うと、そのこともたまらなく大崎は嬉しい。

「あはははは」

歳の離れた仲のいい二人は、声を合わせて明るく笑った。

大崎は和歌子を見る。

人気者の妻はサークルのメンバーたちに囲まれ、黄色い声ではしゃぐ彼女たちと楽しそうに話をしていた。

妻と目が合った。あっ、という顔をしてこちらを見る。

大崎は微笑んだ。和歌子もまた、たおやかな笑顔で彼に微笑む。

「大崎さん、おめでとうございます」

「おめでとうございます」

「ああ、どうもどうも。あははは」

彼を祝福しようと、メンバーたちが陽気に声をかけてくる。

大崎は心からの喜びとともに、明るい笑いを弾けさせた。

そんな彼に愛おしそうに目を細め、遠くから可愛い新妻が、柔和な笑顔を向けていた。

（了）

三交社〔艶情〕文庫
SEJ-023

奥さん、ごちそうさま

2020年1月15日　第一刷発行

著者名　庵乃音人
発行者　稲山元太郎
編　集　株式会社メディアソフト
〒110-0016
東京都台東区台東4-27-5
TEL.03-5688-3510（代表）　FAX.03-5688-3512
http://www.media-soft.biz/
発　行　株式会社三交社
〒110-0016
東京都台東区台東4-20-9　大仙柴田ビル2F
TEL.03-5826-4424　FAX.03-5826-4425
http://www.sanko-sha.com/
印　刷　中央精版印刷株式会社
デザイン　きしかずみ

ISBN978-4-8155-7523-6